오늘의 오늘

송준호·최주혁

오늘의 오늘
© 송준호, 최주혁, 2025

1판 1쇄 펴낸날 2025년 2월 15일

지은이 송준호, 최주혁
총괄 이정욱 **편집·마케팅** 이지선·이정아·이지수 **디자인** Design E.T
펴낸이 이은영 | **펴낸곳** 도트북
등록 2020년 7월 9일(제25100-2020-000043호)
주소 서울시 노원구 동일로 242길 87 2F
전화 02-933-8050
팩스 02-933-8052
전자우편 reddot2019@naver.com
블로그 blog.naver.com/reddot2019
인스타그램 @dot_book_
ISBN 979-11-93191-05-7 03810

오늘의 오늘

송준호·최주혁

contents

contents

© JUNHO

자기 위로였을까요. 하루 속 바라본 우리의 모습.

알아가고 또 알아가며 깨닫고,

내일은 오늘보다 나아졌으면 하는 바람을

잠들기 전 마음에 간직합니다.

우린 그저 하루하루 자신을 기록하고

발견하고 위로하며 살아가는 듯합니다.

어느 때보다 연약해지던 시기에,

점차 희미해지고 소멸하는 자아를 붙들고 싶었던 거 같습니다.

하루를 진정 살아갔음을, 내가 그곳에 서 있었음을

표현의 기록으로 증거를 만들어 놓는 행위.

그렇게라도 이곳에 존재했음을 느끼고 싶었습니다.

어쩌면, 유일한 버팀목이었던 것 같기도 합니다.

얼굴 한번 보기 어려워진 우리의 만남은 일 년에 한 번 정도.

각자의 삶에 발버둥 치던 우린 약 2년간

서로의 일상을 공유하기 시작했습니다.

서로의 시선과 시간과 감정과 생각을 꾹꾹 눌러 담은 글과 사진으로

그의 하루를, 그의 요즘을 추측했습니다.

전달을 위한 것도 상대를 위한 것도 아닌,

온전히 나만을 위한 글은 하나의 인사말이 되어

서로의 안부를 확인했습니다.

오늘 속 우린 또 하나의 오늘이 되어

서로를 보듬어주고 있었습니다.

© JUHYUK

대학원에서 논문을 접하고, 내 생각을 글로 옮기는 것에 흥미를 느꼈습니다. 꽤 늦은 시작이었지만, 평소 생각이 많은 나에게 글을 쓰는 행위는 나의 감정과 생각을 이해하고 정리하는 데 많은 도움을 주었습니다.

송준호 작가는 20대에 만난 소중한 인연입니다. 코로나로 모두가 힘들었던 그 시절, 그의 제안으로 글을 쓰기 시작했습니다. 처음에는 블로그에 일기를 쓰듯 부담 없이 시작했고, 하루하루의 일상에서 느껴지는 감정들을 두서없이 적어나갔습니다.

감정을 서술하는 데 있어 나의 글들은 - 최대한 객관적인 시선에서 표현하고 싶었기에 - 조금은 딱딱하게 느껴질 수도 있을 것입니다. 그럼에도 나의 글로써 분명히 전하고 싶은 메시지가 있었고, 그것들을 표현하기 위해 꼭 필요한 방식이었습니다.

코로나가 한창 퍼지기 시작할 당시부터 써 내려간 이 글들 속에는 계절이 바뀌는 동안 겪고 느낀 것들에 대한 많은 에피소드가 숨어 있습니다. 그 당시에 느끼던 부담감, 미래에 대한 막막함, 짝사랑, 과거에 대한 미련, 미래에 대한 동기부여 등 우리가 살면서 누구나 느낄 수 있는 감정의 흐름을 최대한 충실하게 담고 싶었습니다. (혹자는 실망할 수도 있지만) 그렇기에 더 부담 없이 읽을 수 있고, 공감할 수 있으리라 감히 예상해 봅니다.

사람과의 소통 중 가장 중요한 부분은 결국 '공감'이라고 생각하기에, 누군가의 마음에 이 글이 전달되어 공감을 끌어낼 수 있다면, 그것으로 만족합니다.

SPRING #1
준호의 봄

© JUNHO

오늘이 어제가 되어가는 하루

하루를 겨우 버텨내고
버스 손잡이에 몸을 기대
집으로 돌아가는 길.
귀에 꽂힌 이어폰은 보이지 않는 벽을 세우고
자는 척 감은 두 눈을 다시 굳게 닫고는
버스가 멈출 때마다
마음속으로 하나 둘 셋.
옆 사람 움직임에
눈을 뜨고 귀를 열고
빨간 버튼을 누른다.
천천히 버스 계단을 내려가듯
오늘도 이렇게
오늘을 내려간다.

보이지 않는 마음을 느낀다는 것

정성이 담긴 맛을
진심이 담긴 말을
사랑이 담긴 눈빛과
온기가 담긴 손길을 느끼는 것처럼
보이지 않는 마음을 느낀다는 건,
내게도 마음이 있기 때문.
그래서 당신에게도
보이지 않는 나의 마음이
느껴졌으면 좋겠다는 바람으로
정성을 배우고
진심을 배우고
사랑과 온기를 배우고 있습니다.

© JUNHO

모순

욕심을 떨쳐내려니
몸이 느슨해지고,
몸이 분주해지니
욕심이 피어오른다.
만족하려니
정체되는 듯하고,
만족을 못 하니
숨이 차오른다.
모순의 굴레에 빠진 이유는
욕심이 가득하기 때문.
비우고 비워야 하는데
계속 채우고 싶어 하는 마음을
어찌해야 할까.

나태

마음은 하늘에
육체는 침대에
분리된 의지에 적응되었는지
자아의 주도권을 상실하고
방관자가 되어 있다.
머리가 멈추고
마음도 멈추고
육체도 멈췄을 때
더 이상 떠지지 않을 것 같은 눈은
껌뻑껌뻑 잘도 움직인다.
떠나고픈 마음에, 가슴이 부들부들 떨리지만
굳게 잠긴 두 다리는 여전히 땅에 붙어 있고
남 일처럼 방관만 하는 거울 속 나.
내가 내가 아닌 것처럼.

© JUNHO

터널

바람도
소리도
하늘도 없는 하루.
온 세상은 회색 먼지에
산소를 잃었고,
우리는 흰색 마스크에
말과 표정을 잃었다.
사람 없는 창밖 거리엔
소리 없는 고양이 발자국만 가득하고
사람의 온기를 잃은 의자 위엔
보이지 않는 먼지만 가득.
미동 없이 우두커니 홀로 서 있는 난
끝과 끝이 없는 터널에 들어선 것처럼
검은 고요에 잠기고 있다.

혼란의 혼란

길이라 생각하고 걸었던 길
외로워도 묵묵히 걸었던 길
내게 맞는 길인지
아닌지 모름에도
걷고 싶던 길.
걷고 싶으면 걸으면 그만인
단순한 섭리를 알면서도
걸을수록 엄습하는 불안에
시점은 희미해지고
길의 존재를 의심한다.
혼란으로 혼란해질 때
가만히 누워
진정 사랑하는 건지
사랑한다는 최면에 빠져
억지를 부리는 건 아닌지
나를 돌아본다.

© JUNHO

내가 당신에게 할 수 있는 말

아직 만나지 못한 당신에게,
언젠가 당신을 만난다면
어떤 말을 건넬 수 있을지
곰곰이 생각해 봅니다.
언제부턴가 먼저 말을 건네는 사람이 되었기 때문입니다.
겨울도, 여름도 아닌,
적절한 봄과 가을처럼
당신에게 닿는 말에
온기가 담겨있으면 좋겠다는 생각에,
한 번씩 이런 망상을 해봅니다.
당신이 귀를 내어주지 않을지도 모릅니다.
옅은 숨결이라도 좋으니,
부디 저의 말이 움츠린 당신의 귀를
보듬을 수 있으면 좋겠습니다.
그래서, 계속 생각해 봅니다,
내가 당신에게 할 수 있는 말을.

커피

내가 당신을 만난 건
12년 전 겨울.
처음으로 당신의 온도를 느꼈던 순간,
그때의 기억으로 지금을 살아가고 있습니다.
줄곧 당신 손을 잡고 함께 늙어가는 꿈을 꾸곤 했는데,
고맙게도 멀기만 했던 당신이 옆자리를 내어줬네요.
덕분에 매일 아침이 그 어느 때보다 상쾌합니다.
파란 하늘에도,
잿빛 하늘에도,
녹빛 하늘에도,
별빛 하늘에도,
당신은 나의 하루를 따뜻하게 데워줍니다.

© **JUNHO**

© JUNHO

방

은은한 주황 불빛,
소박하게 틈과 틈 사이를 채운 가구와 소품,
그리고 반쯤 기울어진 햇살이
춤추는 나뭇잎 사이로 들어오는
공간을 좋아합니다.
빛의 대비가 짙어 노을빛의 온기를 느낄 수 있는 공간.
몸을 감싸주는 침대와 포근한 이불이 살결에 맞닿는,
조용하지만, 우울해지지 않는 음악이 흘러나오는 공간.
머리맡에 시적인 글이 가득한 책 한 권이 놓여있는,
온종일 머물러도 기분 좋은 그런 공간을
찾고 또 찾고 있습니다.

마음의 말

매 순간 마음의 말을 따라오다 보니
지금 이곳에 서 있습니다.
종종 그때 그 말을 따른 걸 후회하는지 물어보곤 하는데
후회보단
다른 선택에 대한 궁금증은 있다고 대답합니다.
매번 두 갈래 또는 여러 갈래의 길 앞에 섰을 때
자신에게 주문을 외웁니다.
머리의 말보다
마음의 말을 들으면,
적어도 후회는 없다고.
후회가 없는 이유를 생각해 보면,
마음의 말은 곧
내가 나다워지는 느낌을 받기 때문인 듯합니다.

© **JUNHO**

말

나름 가장 큰 바구니를 들고
당신 입에서 흘러나오는 말 하나하나
놓치지 않고 담으려 하지만
한두 단어를 떨어트려도,
조금은 이해해 주세요.
최선을 다해
당신의 말을 담으려 노력하고 있습니다.
당신의 말은 당신만 할 수 있어서,
또는 당신만의 말을 할 줄 아는 사람이기에
제겐 특별합니다.
그러니,
계속 당신을 말해주세요.

소리

소리 없는 말이 귀에 맴돌아
넋을 놓고 한참을 앉아 있다가
실체 없는 말뿐인 말을
나름대로 해석해 보지만
단어 하나 알지 못하는
외국어를 듣고 있는 느낌.
희한하게도 모름이 모름으로 받아들여지고
모름이 곧 앎이 되어가는 과정에 들어선다.
이유는 모르지만,
그리고 여전히 무슨 말인지 알 수 없지만
정체를 알 수 없는 그 말은 마치
마음이 내게 걸어오는 말인 듯해서.
그래서 이해할 수는 없어도
알 것도 같은 그런 말이
자주 들려오는 이유는
분명 있을 것이다.

© JUNHO

똑똑

숨소리와 노랫말만 흐르는 공간에
있는 듯 없는 듯 구석 자리에 앉아
유리창을 적시고 들어오는 햇살에 번진
공간의 뒷모습을 바라본다.
아직 날이 추운지
창문 밖 사람들은 한껏 웅크린 채 총총,
바람이 부는지
나뭇가지는 쓸쓸.
문 하나를 두고 바깥공기와 바람을
느낄 수 없는 것처럼
당신 마음의 문에 들어서지 않으면
당신을 알 수 없는 거겠지.
머뭇거리던 오른손을
왼손으로 살포시 받쳐 들고
문고리 앞에 서서
천천히 그리고 조심스럽게 똑똑.

산책

먼 곳에서
건너온 밝은 소식 하나.
늘 멀리서 내 곁을 지켜주던 친구는
이젠 그가 떠나 있고
내가 이곳에 남아 있다.
잠시 귀국한다는 그에게
한적한 밤에
설렁설렁
동네 한 바퀴 걷자 했다.
이제는
그 소소한 산책이
소소하지 않은
소중한 추억이 될 거 같은 생각에.

SPRING #2
주혁의 봄

© JUHYUK

마음의 병

마음이 늘 불안하다.

어느 순간부터 늘 남들보다 시작이 늦었고,
뒤처지면 안 된다는 사회 인식과 주변의 기대가
나를 계속 재촉한다.
몸은 피곤한데 마음은 늘 불안함 속에 깨어 있어서
막상 쉬는 날이 와도 제대로 쉬지 못한다.
아니, 쉴 줄 모른다.
이런 쫓기는 듯한 불안감은
일상 속 사소한 말 한마디에도 예민해지게 만들고
점점 내 몸과 마음 배터리의 총량을 갉아 먹는다.
쉴 새 없이 쫓기듯 달려왔던 나는 결국 고장이 났다.

새벽부터 봄비가 내리는 날이었다.
새하얀 병실로 고요한 햇살이 스며들고
오직 나의 숨소리만 들린다.

정신없이 달리던 길 위를 벗어나니
문득 무엇이 그렇게 중요했나 싶다.

마음이 편안하다.

아다지오

차가웠던 겨울도
어느덧 따뜻한 햇살 속
품 안에 파고드는 서늘한 바람으로만 기억되고,
움츠렸던 것들이 기지개를 켜며
일어나려 하는 시기가 왔다.
오랜만에 얻은
짧은 듯, 긴 여유 속에서
공원의 화단 근처를 기어가는 개미들을 보며
잠시 사색에 잠긴다.

'저 개미들은 어디로 가고 있는 걸까?'
'무엇을 위해 저렇게 바쁘게 기어다닐까?'

마음속 바다에 작은 돌멩이를 던져
파도를 일으키려는 찰나,
손 위로 올라온 개미의 기척을 느끼며
금방 일상으로 돌아온다.

개미를 바닥에 털어내고
시간이 멈춘 듯 아무도 없는 공원에서
오랜만의 햇살을 온전히 즐겨본다.

구름이 천천히 지나간다.

© JUHYUK

© JUHYUK

보통의 날

긴 겨울이 지나고
온 세상에 봄기운이 스며든다.
주변에서도 하나둘 서로의 마음에
봄이 찾아왔다는 소식이 들려온다.
누군가에겐 연애, 누군가에겐 결혼으로
그들의 마음과 얼굴에 봄이 찾아왔다.
봄, 그야말로 사랑을 시작하기 좋은 날이다.
따뜻한 봄기운은 설렘을 품고 새로운 시작을 알린다.

손잡고 걸어가는 연인들을 보며 문득 질문을 던져본다.

'왜 사람은 다른 사람을 사랑하는가?'

작가 '알랭 드 보통'은 말했다.
사람들은 나의 존재와 내 안에 없는 완벽함을
사랑의 대상에게서 찾으려 한다고.

양껏 사랑하고, 오래 행복하기를.
서로에게 완벽함을 찾기를.

날씨가 따뜻한 보통의 날이었다.

사실 지나간 오늘은
다시 돌아오지 않아

인생은 돌고 돈다.

겨울은 지나고
따뜻한 봄기운 아래
벚꽃들이 만연히 피었고,

언제 그랬냐는 듯,
피었던 벚꽃은 비바람과 함께 사라져간다.

다시 내년 이맘때가 되면
어김없이 돌아올 이 계절,
이 순간.

변하는 것이 일상이고
그렇게 흘러 돌아오는 것도 일상이다.

하지만
10년 전의 나와
오늘의 내가 다르듯
새로운 봄은 다시 오지만
지나간 봄은 다시 오지 않는다.

© JUHYUK

© JUHYUK

운수 좋은 날

그런 날이 있다.

늘 일어나기 힘들던 아침에
저절로 눈이 떠지며,
머릿속엔 그날의 계획이 자연스럽게 펼쳐지고
몸에도 활력이 돋아
마음먹은 일들을 전부 실행하게 되는 그런 날.

바라는 대로, 행하는 대로
전부 내 손안에서 이뤄지는 그런 날.

인생에서
이런 날들은 꼭 달콤하지만은 않았다.

삶은 무수한 변수로 가득하기에
순풍을 타고 나아갈 때
더욱 긴장하고 만일을 대비해야 한다.
빠르게 나아가는 배일수록
조그만 파도에도 쉽게 좌초될 수 있으니.

면접 보러 가는 길

막내아들 면접 보러 간다고
아버지가 새벽부터 닦아주신 구두와
말끔하게 다려주신 셔츠를 입은 채
긴장감을 머금고 지하철에 올랐다.

열차가 옥수역을 지나고 한강의 전경이 보일 때
조금은 어눌하고 느릿한 중년 남성의 음성이 흘러나왔다.
"오늘 하루도 열심히 살아가는 여러분에게
하고 싶은 말이 있습니다."
기관사님의 말은 이렇게 시작되었다.

"눈앞의 성공이 주는 기쁨이 더 크게 느껴지고
당장의 실패가 더 아프게 느껴지겠지만,
조금 더 길게 보면 성공도 실패가 될 수 있고
실패가 성공이 될 수 있습니다.
오늘 하루도 좌절하지 않고 앞을 보는 하루가 되셨으면 좋겠습니다."

햇빛에 적당히 반사되는 한강 물의 반짝임과
기계음이 섞인 느릿한 목소리가 어우러졌던 그 순간이
아직도 잊히지 않는다.
마치 나에게 직접 말하는 듯 느껴진 그 음성은
너무나 많은 위로와 힘이 되었다.
면접은 최선을 다해 보았고, 아직 결과는 알 수 없지만
이 글을 읽는 누군가에게
나 역시도 그런 따뜻함을 줄 수 있으면 좋겠다.

© JUHYUK

마라톤 1

개인적으로 굉장히 좋아하는 광고가 있다.
"오늘도 달린다."라는 내레이션과 함께
마라톤 경기를 보여주며 광고가 시작된다.

"시간은 우릴 기다려주지 않고, 한 방향으로만 흐르며,
인생은 같은 목표를 향해
'누가 더 빨리 달리냐'가 중요한 마라톤과 같다."라는
멘트와 함께.
수많은 이들이 출발선에서 달려 나가고,
그중 한 주자가 갑자기 뒤를 돌면서 우리에게 질문을 던진다.

'근데, 정말일까? 인생이란 그런 걸까?'
질문을 던진 주자는 갑자기 전력 질주를 하기 시작하고,
이와 동시에 나머지 주자들도 코스를 이탈하거나,
심지어 뒤로 역주행하기도 한다.

그리고 반문한다.
"누가 정한 코스고, 누가 정한 결승점인가?"
"누가 인생을 마라톤이라 했는가?"

광고의 말을 빌려 말해본다.
길은 인간의 수만큼 존재하고,
모든 길은 위대하다.
늦더라도 천천히, 나의 페이스에 맞춰
나만의 길을 가자.

사주

어느 보험회사 사이트에서
무료로 사주를 보았다.

사람이 태어난 일시로
한 사람의 명운이 정해지고,
그것을 손쉽게 검색할 수 있다니,
'신의 일기장'을 E-Book으로 출판한 것과
비슷한 느낌일까 싶다.

사실, 나는 사주를 믿지 않지만,
가끔 인생이 잘 안 풀릴 때, 기분 전환 삼아 보는 편이다.
내 사주의 내용은 간략하게 말하자면 이렇다.
"말년에 행복할 것이다."
물론 어떻게 행복해질지는 말해주지 않지만,
이런 긍정적인 내용은 늘 미래를 기대하게 만든다.

문득 궁금하다.
글을 쓰고 있는 나 자신과 읽고 있는 여러분의 미래가.

언젠가 그때가 온다면 우리 다 같이 모여
이 행복의 여정에 대해 도란도란 얘기해 보자.

© JUHYUK

Good & Bye

항상 느끼는 거지만,
모든 일은 끝맺음이 더 중요하다고 생각한다.

의지했던 동료들이 퇴사했다.
대부분 나이는 나보다 어렸지만
각자의 장점들이 뚜렷했고
곁에서 많은 걸 배웠다고 생각한다.

처음엔 대부분의 사람이
일에 대한 열정과 에너지가 가득하지만,
마지막을 향할수록 초심은 옅어지고,
퇴사를 마음먹은 순간 의무감은 흐려지기 마련이기에

다들 각자의 환경에서 일하면서
무너지는 일도 많았을 거고, 울기도 했겠지만
마지막까지 책임감을 보여주는 경우는
의외로 많지 않은 것 같다.

이제는 하나둘 회사를 떠나
또 다른 각자의 사회에 뛰어들어 최선을 다할 그들을 보며,
나 역시 언젠가 다가올 나의 마지막을
책임감 있게 마무리하고 싶다고 생각했다.

앞으로 펼쳐질 그들의 인생에,
그리고 나의 인생에 건승을 빈다.

구두를 닦는다

〈좋은 생각〉이란 책에 실린
손택수 시인의 글을 읽었다.

"구두를 닦는 요령은 하나다.
그저 내 얼굴이 보일 때까지
문질러 주는 것이다."로 시작하는 이 글은
"마음이 어지러울 때면,
나는 구두를 닦는다."로 마무리된다.
가슴에 와닿는 글이다.

나 역시 마음이 어지러울 때면
생각을 멈추고 어떤 신체적 활동에 몰입한다.

나만의 시간 속에서 묵묵히 몸을 움직이다 보면
어느새 일어났던 마음속 흙먼지들은
차분하게 가라앉으며
내 마음이 나를 비춘다.

개운해진 머리와 맑아진 눈으로
그렇게 또 하루를 살아간다.

© JUHYUK

미움받을 용기

'미움받을 용기'
'나를 미워한다는 감정을 그대로 받을 수 있는 용기'라니.
누군가에게 미움받고 싶은 사람이 어디 있을까?
용기를 가져야 하는 일이 분명하다.

실제 우리의 일상생활에서
타인의 말이나 행동이 주는 영향력은 무시할 수 없다.
특히 부정적인 말과 행동은
'받고 싶다'라거나 '받고 싶지 않다'고
내가 '선택'할 수 있는 것이 아니라,
먼저 나의 감정과 상태에 영향을 주고 나서 강요한다.
'담아 둘 것인가? 버릴 것인가?'
참으로 일방적이다.
이런 경우, 물론 감정적으로 받아들이기 어렵겠지만,
우리는 우리 자신을 위해 결국 선택해야 한다.

삶은 '내력과 외력의 싸움'이라고 한다.
작은 연못은 작은 조약돌 하나에도 많은 물결을 일으키고
드넓은 바다는 조약돌을 던져도 동요하지 않듯,
외력에 흔들리지 않는 내력을,
우리 마음의 그릇을, 미움받을 '용기'를 키우자.

후회

어렸던 날의 자격지심과
지나온 날들에 대한 후회와 반성을 반복하며
무엇이 옳고 그른지 몰랐던,
주변 환경에 쉽게 휘둘렸던 그때를 후회한다.

너무 곧은 나무는 태풍에 부러진다고 하지만
매번 흔들려왔던 갈대로서는 그 나무가 부러울 뿐이다.

'모든 사람이 그렇겠지만,
후회 없이 사는 사람이 얼마나 될 것이며,
잘못 없이 살았던 사람이 몇이나 될까'란 말로
나를 위로해 보기도 한다.

물론 철없던 어린 날 나의 잘못들,
누군가에게는 이게 위선으로 보일 수도 있지만,
그렇기에 어린 날의 잘못을 반성하고
그 후회들을 묵묵히 감내하며 더 나은 내가 되어보려 노력한다.

과거의 발자취들이 지저분하게 엉켜
답답한 현실 속 풀리지 않는 실타래를
덤덤히 받아 들고
하나씩 잡아당겨 풀어본다.

© JUHYUK

© JUHYUK

당연한 일

우리는 살면서 무의식적으로
'당연하다'란 말을 은근히 자주 사용한다.
세상에 '당연한 것'은 아무것도 없는데 말이다.

각자의 삶 속에서
힘듦을 핑계 삼아 좁아진 시야는
타인의 호의를 당연함으로 받아들이고,
나의 호의는 당연한 것이 아님을 주장한다.

분명히 오늘 하루 속에도
수많은 누군가의 배려와 호의
그리고 관심이 스쳐 지나갔을 텐데
우리는 살면서 그 사실을 가끔 망각하는 것 같다.

첫 키스의 쾌락이 1의 수치라면,
일상에서의 작은 친절은 12의 수치라고 한다.

오늘은 내가 대하는 모든 이들에게
조금은 더 친절할 수 있기를.
당연함을 '소중함'으로 여길 수 있기를.

Life is Pain

누군가가 그랬다.

'Life is pain', 삶은 고통이라고.

우리의 삶은 변수들로 가득해서,

도통 맘처럼 되는 일이 하나 없다.

밤새 충전한 핸드폰은 케이블 고장으로 충전이 안 되어 있고,

아침에 샤워하다 온수가 끊기고,

지하철은 시위로 연착되어 회사에 지각을 한다.

이런 날은 세상이 참 야속하다.

하지만, 그럼에도 불구하고

이 글을 읽는 모든 분이

마음속 한구석에 여유를 가지고 살았으면 좋겠다.

매일이 행복한 인생은 없기에.

항상 행복하다면, 우리는 그것을 행복이라고 느낄 수 있을까?

쓴맛도 먹어봐야 그 속에 숨은 단맛을 더 잘 느낄 수 있지 않을까?

현재가 행복하다면 그 행복을 충실히 즐기면 되고,

현재가 너무 힘들다면 곧 행복이 찾아올 거라고 생각해 보자.

우리는 사실 모두 알고 있다.

영원한 것은 없다는 걸.

고통 속에서도 행복을 기다릴 줄 알고

행복으로써 고통을 이겨낼 줄 아는

그런 우리가 되길 바란다.

© JUHYUK

© JUHYUK

사람의 마음

우리는 보통
'가는 것이 있으면 오는 것이 있다'고 생각한다.
하지만 사람에 대한 마음은 그렇지 않다.
특히, 사랑에 대한 마음이 그렇지 않다.

사랑을 주는 것은 '내 마음'이지만
사랑을 받는 것도, 응답하는 것도
'그 사람의 마음'이기에.

그럼에도 나는 당신의 마음을 알고 싶다.
당신도 나를 좋아하는지 알고 싶고
늘 확인하고 싶다.
나도 당신에게 사랑받고 싶다.

하지만 나의 마음을 대가로
상대방의 마음을 원한다는 것이
얼마나 이기적인 것임을 알기에,
그리고 그것이 당신에게 부담일 수 있다는 것을 알기에.

당신에게 바라는 것 없이
그저, 당신을 좋아하는 '나'를 좋아해 보려 한다.

행복

3호선 열차에 몸을 싣고 집에 가는 중이었다.
옥수역에 다다를 때쯤
스피커에서 목소리가 흘러나왔다.

듣고 있던 노래를 잠시 멈추고
천장에서 흘러나오는 목소리에 귀를 기울여 보니
면접을 보러 가던 날, 나에게 많은 힘이 되어주셨던
기관사님이었다.

나태주 시인의 행복을 인용하며,
"우리가 행복을 찾기만 하는 이유는
너무 먼 행복만을 바라보느라
우리 가까이에 있는 행복을 보지 못해서이지 않을까요.
오늘 있었던 근심과 걱정은
열차에 두고 내리시면 제가 종착역에서 잘 버리도록 하겠습니다.
오늘 하루도 고생하셨습니다."
너무나 따뜻한 음성이었다.

고된 하루를 위로받으며
멈췄던 노래의 재생 버튼을 다시 누른다.
아까는 들리지 않았던 가사가
선명히 들리기 시작한다.

행복한 저녁이다.

© JUHYUK

네 생각

해가 조금씩 다시 길어지는 게 느껴져.
요즘은 날씨도 조금 따뜻해진 것 같아.
오늘은 황사가 좀 있었지만,
마스크를 쓰니 사실 크게 신경 쓰이지 않아.

오랜만에 운전해서 바다에 갔어.
모래사장을 걷는데
문득 네 생각이 나더라.
손으로 움켜쥐어도 흘러내리고
그렇게 몇 번을 시도해도 잡히지 않았으면서
어느새 신발 속, 손톱 밑
어디서든 발견되는 모래.

네 생각으로부터 도망쳐 온 바다인데,
어느새 다시 온 세상이 너로 가득하다.

PATEK PHILIPPE
GENEVE

SUMMER #3
준호의 여름

© JUNHO

계절 일기

하양이 지나고
분홍도 흘러
초록으로 가는 길목에 서서
색의 흐름을 바라본다.

흩날리는 분홍 꽃잎과
흔들리는 초록 잎새는
조금씩 날 선 나뭇가지를 덮어주는데
해가 지날수록 계절의 흐름이
빠르게 느껴지는 건 기분 탓일까.
아니면 사람들 말처럼
나이가 더해지는 탓일까.

아직은 초록 속 분홍을 엿볼 수 있지만
어느새 초록만으로
세상은 가득 채워지고
초록 속에 빨강이 스며들다
어느덧 다시 하양이 찾아오겠지.

계절도 나도 그리고 당신도.

괜찮아

마음에 비가 찾아오는 순간이 있다면
마음에 햇살이 찾아오는 순간도 있음을
매 순간 기억하고 있으면 좋을 텐데요.
감정이란 늪은 깊고 깊어서
한번 빠지면 헤어 나올 수 없는
출구 없는 동굴
어쩌면 미숙함이겠지만
또 어쩌면 그만큼 그 순간에
진심이었단 의미겠죠.
영원한 게 없는 것처럼
어떤 늪이어도
언젠가는 빠져나오게 될 거라고
그러니 괜찮다고 말해주고 싶습니다.
그리고 다시,
다시 이 늪, 저 늪에 빠지는 경험을 축적해 가며 우리는,
그렇게 성장해 나가는 게 아닐까요.
그러니까
발이 빠지면 빠지는 대로,
허우적대도 괜찮으니까,
그대로 있어도 괜찮습니다.
언젠간
다시 빠져나오게 될 테니까요.

© JUNHO

유리벽

춤추는 나무들을 보다가
괜히 마음이 뭉클.
하늘까지
어둑해서 더욱 그런 듯한데,
비까지 내리면 어찌 될는지.
나무 옆에 서 있고 싶었지만
찬바람에 금세 다시 들어왔습니다.

때로는 조금 떨어져서,
유리벽 하나 놓아두고
그 너머의 모습을 바라보는 게
한 번씩 필요하기도 하다는 걸.
늘 적당한 거리가 중요하니까.

여름

여름이 다가오고 있음을
하늘의 시계가 알려줍니다.
태양이 어느 때보다 우리 곁에
오래 머무는 계절.

우리의 노을이
그들의 일출이 되어가는 뒷모습은
이유 모를 울적함을 남깁니다.
매일 아침 다시 찾아오는데도
그의 뒷모습이 왜 이리 아쉬운지.

내일은 미소와 함께 인사를 건넬까 합니다.
내게 올 때도, 내게서 갈 때도.

© JUNHO

© JUNHO

그림자

나뭇잎은 초록색
춤추는 그림자는 검은색
빛이 관통하지 못한 곳은 검은색
내가 볼 수 없는 당신의 뒷모습도 검은색

보려 하지 말고
알려 하지 말자.
보여주고, 알려줄 때까지.

억지로 보려 밝히면,
그 모습조차 사라질 테니.

바다와 별

작은 돛단배를 타고
바다 중간 어디쯤,
주변에 섬 하나 없는,
사방이 바다와 하늘만 보이는 곳으로
가고 싶다.

그렇게 하룻밤,
아니 가능한 오랫동안
빛 하나 없는 바다 위에서
별빛으로만 가득한 하늘과 바다를
보고 싶다.

© JUNHO

© JUNHO

오랜만에 비

오랜만에 비가 찾아와
사람 소리 하나 없는 공간에서
적절히 어두운 조명 속
잔잔히 들려오는 음악과
창문 밖으로
고요히 내려앉는 비를 멍하니 바라봅니다.

옅은 바람과 둔탁한 굵은 빗방울에 젖은
이파리는 부드럽게 춤을 추고
겁먹은 빗방울은 미처 떨어지지 못하고
나뭇가지에 앉아 가슴을 달래는 듯합니다.

나는 지금,
자주 찾는 의자에 앉아
사람 소리 하나 없는 공간에서
적절히 따듯한 조명 속
잔잔히 들려오는 음악과 함께,
창문 밖으로
비가 내리는 모습을 바라봅니다.

그런 날

분명 하고는 있지만
무엇을,
어떻게,
무슨 생각과 감정을 가졌는지
스스로에게 물어보는 날.

분명 걷고는 있지만
어디를,
무엇을 보고,
어떤 생각을 하며 걸었는지
스스로에게 물어보는 날.

분명 생각하고는 있지만
무엇을,
왜,
어떤 생각들이
나를 스쳐 갔는지
스스로에게 물어보는 날.

그래서
조금은 더 많은 순간에
깨어있어야겠다고
생각해 보는 그런 날.

© JUNHO

시간의 위치

과거로 나를 옮겨 놓고,
떠나고 싶고 그만 잊고 싶은
기억은 나를 놓질 않는다.
지워지지 않는 흔적은 흉터처럼
희미해질 뿐 없어지진 않겠지.

당신은 과거를 잊은 듯 내 앞에 서 있고
난 과거에 갇혀 당신 앞에 서 있다.
다른 시간 위에 서서
서로를 바라보는 우리는
영영 같은 시간에 머무를 일은 없을 듯하다.

나는 나의 시계로 돌아가 태엽을 감을 테니
부디 당신은 당신의 시계로 돌아가길.
부디 나의 시간을 당신의 시계로 붙잡지 않기를.

잔상

깊숙이 누워 뜬 눈 앞엔 거먼 천장
열어둔 창문 틈새로 들어온 바람
가려진 커튼 휘날려 새어든 불빛
깜짝 밝혀진 천장의 잔상은
눈앞에 아른거리고
껌뻑이는 눈으로 그의 잔상을 쫓는데

보인다고 해야 할지
안 보인다고 해야 할지.
어쩌면 보인다는 건
때로는
눈이 아니라 기억이 보는 것.

눈엔 보이지 않아도
기억으로 보는 것처럼
네가 그곳에 없어도
보인다는 거지.

© JUNHO

© **JUNHO**

그냥 그런 날

마음에 피로가 쌓인 날
생각에 먼지가 쌓인 날
손끝의 땀샘이 열린 날
두 눈의 초점이 흐린 날
다리의 중심을 잃은 날
그런 날은
"그냥"을 허용하고 싶은 날.

나라는 거울을 당신에게

차갑지만 온기가 느껴지고
따듯하지만 고독이 느껴진다.

사람의 다양한 모습은
어떤 모습이 진정 내 모습인지
헷갈리게 하지만
적어도 당신에게 보여주고 싶은 모습은
변덕 없는 모양.

어떤 모습이어도
고요히 안아줄 당신이지만
그럼에도
당신에겐
온기가 되고
미소가 되어
눈물이 되는
따듯한 모양이었으면 좋겠다는 바람.

© JUNHO

© JUNHO

축축한 날

무거운 안개에 덮인 오늘 아침엔
조금 더 천천히, 천천히 발걸음을 옮깁니다.

날씨 따라 감정이 널뛰는 저는
오늘만큼은 고요합니다.
사실 고요보단 무념의 상태라고 해야 할까요,
모든 생각과 행동을 멈춘 상태.

무겁게 끌어당기는 건 안개인지
어젯밤 날아온 당신의 말들인지
당신은 잡히지도,
뿌리칠 수도 없는 안개처럼
무게 없는 압력으로
나를 짓누르고
고요한 건지,
멈춘 건지.

하나 둘 그리고 셋

작은 몸짓 하나
작은 손짓 하나
작은 표정 하나에
나의 감정은 뒤틀리고

옅은 미소 둘
옅은 소리 둘
옅은 마음 둘에
나의 감정은 끊어지고

소리 없는 눈빛
소리 없는 입술
소리 없는 눈물에
나의 감정은 사라졌다.

© JUNHO

© JUNHO

인정

만족이라는 별을 보려 고개를 들지만
때때로
눈이 감긴 건지,
구름이 가린 건지,
어느 별 하나 보지 못할 때
하늘을 탓하기도
자신을 탓하기도 합니다.

눈이 감겼다면 뜨면 되고,
구름이 가렸다면 기다리면 그만인데 말이죠.
눈이 감겨있음을 인지하고
구름이 가렸음을 이해하는 것.
내가 할 수 있는 건
겸허히 인정하고 받아들이고
때를 기다리는 것.

몽

꿈결에 만난 당신은
따듯한 볕으로 데워진 바닥에 앉아 있고
당신 곁엔 나도 앉아 있다.

먼지에 덮인 렌즈 너머로 보는 우리의 모습은
오래된 필름 영화
한 장면처럼 내게 남아있었다.

우린 아무 말 없이 창문 너머로 들어오는
햇살을 바라보고 있었고,
당신은 얇고 작은 입술을 열어 목소리를
들려주었다.
'첫날밤에 내린 단비가 나를 적시고…'
당신의 그 말이 깊고 짙게 가슴을 흔들었고
나는 꿈에서 깨어나 당신의 말을 담아놓는다.

누군지도 모르는 당신이
내게 나타나 건넨 한마디가,
당신과 함께 앉아 있던 그 따듯한
순간이
온종일 나를 생각에 가두었다.

© JUNHO

SUMMER #4
주혁의 여름

© JUHYUK

Rain Drop

나의 사랑도
저 빗방울 같았으면 좋겠다.

봄날의 가랑비처럼
옷 젖는 줄 모르듯,
조금씩 천천히 내려서
그렇게 너에게 스며들었으면 좋겠다.

한 여름날의 장미처럼
열정적으로 퍼붓는
그런 사랑을 했으면 좋겠다.

단풍 진 거리의 가을비처럼
떨어지는 낙엽과 함께
그 순간의 우리가 한 폭의 그림 같다면 좋겠다.

그리고 겨울비처럼
곧 얼어버릴 것을 알아도
내릴 수 있는 사랑이었으면 좋겠다.

스물다섯 스물하나

30도가 넘어가는 더위와
비가 오는 우중충한 날이 오가는
요즈음 날씨가 제법 변덕스럽다.

그래서 내가 그녀를 봤을 때
여름을 닮았다고 생각했나 보다.

그때의 너는 참 뜨거웠고,
멈추지 않는 장마 같았다.

그럼에도
초여름의 푸르른 녹음을 간직하고 있는 모습에
잠시 기대어 쉴 수 있어 좋았다.

이제는 추억으로 변한
너를 닮은 이 계절이 오면
조금은 식은 열기의 여름밤,
편의점 벤치에 앉아
맥주 한잔하며 말해주고 싶다.

고생했다,
뜨거웠던 나의 20대.

© JUHYUK

비워주세요

스스로를 되돌아보면,
비우는 것보다 채우는 것에 익숙하여
마음 한구석에 욕심, 조급함,
그리고 불안을 품고 살았던 것 같다.
다른 누군가의 눈치를 보고
주변의 시선에 민감해서
정작 나 자신의 목소리를 듣지 못했다.

참을 수 없는 부정적인 감정들이
나를 억누르고 있다는 걸 인식한 순간,
도망치듯 여행을 떠났다.

제일 먼저 핸드폰을 끄고 잠을 잤다.
배가 고프면 나가서 걷다가
눈에 보이는 식당에서 밥을 먹고
모래사장에 누워 바닷소리를 들었다.

들숨에 바다 내음을 채우니
날숨에 불안이 비워진다.
그렇게 책임감도 비우고
욕심도 비우고
불안도 비우고
다 비워본다.

열대야

기온이 올라가서
해가 져도 열기가 식지 않는
이맘때쯤이면
오지 않는 잠을 뒤로 한 채
잠시 산책을 나온다.

모두가 잠든 고요한 밤거리
낯선 이를 경계하는 고양이들의 눈빛과 인사하면서
마음 가는 대로 걷다 보면
멈춘 세상 속을 거니는 느낌이 든다.

어느덧 눈에 띄게 많아진
무인 아이스크림 판매점에 들어갔다가
아이스크림을 입에 물고 나와
공원 벤치에 잠시 자리를 잡는다.

열대야의 무더위에도
세상은 잠이 든 듯 조용하고
지금, 이 순간
이 세상에 오로지
나만 깨어있는 듯한 이 느낌이 싫지 않다.

© JUHYUK

© JUHYUK

늦잠

오랜만에 늦잠을 잤다.
사실 아침 7시에 눈을 떴지만
무시하고 다시 잠을 청했다.

핸드폰은 잠시 무음으로 해놓고
커튼 사이로 들어오는 햇살을 발끝으로 어루만진다.
나를 향해 돌아가고 있는 선풍기 소리와
이따금 나를 확인하러 들어오는 강아지 발소리가 들린
다.
입가에 배시시 미소가 스민다.

무엇과도 바꿀 수 없는
이 평온함이 주는 행복감을
조금은 더 느껴보고자
낮게 울리는 배고픔의 신호를 무시하고
다시 눈을 감는다.

하루가 조금 더 길었으면 좋겠다.

산책 2

서울숲을 걸었다.
뜨거운 햇살을 즐기며
이곳저곳 시선이 가는 곳을 핸드폰에 담아냈다.
나무들의 그늘을 따라 걷다 그 사이로 새어 나온 빛도 찍어보고,
유유히 호수를 유영하는 오리의 모습도 담아본다.

사람들이 많이 모여있는 곳부터
발길이 적은 곳까지 나름의 산책을 즐기다
시선이 느껴진 곳으로 고개를 돌려보니
어느 중년의 여성이 나의 모습을 찍어도 되냐고 물었다.
생전 처음 경험해 보는 일이었지만
'누군가의 시선에 담긴다'는 것이 그리 싫지만은 않았다.
사진을 보내준다는 말에 이메일을 주고받으며
수줍게 감사 인사를 하고 다시 각자의 산책을 시작했다.

공원을 거닐며 마주치는 이들의 얼굴에 행복이 가득하다.
'나도 저런 모습이었을까.'

즐거운 산책이었다.

© JUHYUK

잠시 꺼두셔도 좋아요

예전에 영화관을 가면
영화 상영 전에 종종 이런 문장을 볼 수 있었다.
'휴대폰은 잠시 꺼두셔도 좋습니다.'
지하철을 타서 잠시 주변을 둘러보면
거의 모든 사람이 이 작은 기계만을 하염없이 바라보고 있다.

당신에게 허락된 시간이
단 하루뿐이라면,
그 순간에도 휴대폰을 계속 만지고 있을지 의문이다.

잠시 휴대폰을 내려놓고
화창한 날 햇살도 만끽하고
비 오는 날의 냄새도 느껴보자.

지금 내 옆의 연인
사랑하는 내 가족들과 식사하며
서로의 얼굴을 바라볼 수 있는 시간이 얼마나 있을지는
아무도 모른다.

'휴대폰은 잠시 꺼두셔도 좋습니다.'

흙탕물

살면서 가끔
본의 아니게 타인과 나를 비교하는 상황이 생긴다.
그럴 때면 마음에 비바람이 몰아치며
마음속 깊이 가라앉아있던 흙먼지가 피어오른다.

끊임없이 몰려오는 상대적 박탈감은
인생에 대한 한탄으로 나의 하루를 뿌옇게 채우고
스스로가 만든 혼탁함 속,
비교의 대상은 더욱 커 보이기만 한다.

그렇게 한참을 흙탕물 속에 있다가
마음속의 흙먼지가 가라앉고
마주하는 얼굴을 보며 깨닫는다.

'아, 너도 나를 보고 있었구나.'
'타인도 나와 그들을 비교하는구나.'

우리는 모두 각자의 흙탕물 속에서 살고 있다.

© JUHYUK

길어진 장마의 끝

집 앞 작은 카페에 들러
나처럼 오랜만에 햇살을 맞이했을 테라스 자리에 앉아
커피 한 잔을 시켜놓고 사색에 잠겼다.

오랜만에 화창하고 선명한 풍경을 마주하고 보니
많은 생각이 들었다.

'길었던 회색빛 장마가 지나고 나서야
눈앞의 다른 색들을 인지하는 것처럼,
장마를 핑계 삼아 나는 누군가를 적시고
회색빛으로 보고 있진 않았을까.'

스스로는 아무런 색안경을 쓰지 않은 채
세상을 바라고 있었다고 생각했는데
인지하지 못할 만큼 그 색이 꽤 짙었나 보다.

어떤 색이든 그 자체로 보고 받아들일 수 있는,
셀 수 없는 백지장이 담긴 노트가 되기를.

그래서 난 오늘도
보이면서도 보이지 않는 색을 지워보려 한다.

음악의 향기

'특정 상황'에서 생각나는 음악이 있다.

비가 많이 내리는 날이면
레이첼 야마가타의 'Be be your love'를 꼭 한 번은 듣는다.
조명이 꺼진 방,
침대에 누워 음악을 재생할 때면
음악의 분위기, 가사 그리고 멜로디가
빗소리와 함께 어우러지는
그 형용할 수 없는 행복한 충만함에 닭살이 돋을 지경이다.
그래서 간혹 길을 걷다 이 노래가 들리면
비가 오는 듯한 착각에 빠지기도 한다.

김동률의 '출발'은
호주로 워킹홀리데이를 갈 때 비행기에서 들었던 노래로,
새로운 도전을 앞둔 것처럼 늘 내 가슴을 설레게 만든다.

음악은 삶의 장면들을 조금 더 풍부하게 만들어
자칫 무료할 수 있는 일상을
마치 '하나의 명장면'처럼 기억되게 한다.

이 글을 읽는 여러분의 하루에도
나만을 위한 4분 정도의 '명장면'을 만들어보는 건 어떨까?

© JUHYUK

번아웃

쉬는 날 없이 달려왔다.

삶에 대한 '열정'이
'책임감'으로 변하고
어느새 '의무'가 된다.

메마른 눈으로
그저 앞만 바라보고 가는 현실 속에서
문득, 뭔가 잘못된 것 같아
걸음을 멈췄다.

내 삶에 '내'가 없는 느낌

오늘은 '내가 가득한 하루'를 보낼 것이다.
지친 나의 몸과 마음에 기름칠을 할 것이다.
고생한 나를 위해 편의점 도시락이 아닌,
제대로 된 맛있는 음식을 먹고
하늘을 올려다보며 산책도 하고
바쁘단 핑계로 즐기지 못했던 음악도 듣고
침대에 누워 영화도 보려 한다.

나는 그럴 자격이 있으니까.

완벽한 타인

나의 취미는 대중교통을 이용할 때
사람들을 관찰하는 것이다.
제각각의 모습과 표정들을 보며
머릿속으로, 그들의 가상 프로필을 작성한다.

그러다 뭔가 낯이 익고
분위기가 익숙한 사람들을 발견하면
오랜만에 만난 친구를 대하듯
마음속으로 그들에게 말을 건다.

'안녕, 잘 지냈어?'
'오늘 너의 신발이 참 예쁜 것 같아!'
'오늘 좀 피곤해 보이는데 무슨 일 있었어?'

그렇게 낯설지만 낯설지 않은 그들과
서로의 안부를 묻다 보면
목적지를 안내하는 음성이
이별의 시간을 상기시킨다.

혼자만의 짧은 대화가 끝나고
우리는 언제나처럼
완벽한 타인으로 서로의 일상으로 돌아간다.

137

© JUHYUK

On & Off

남에게 주는 것도 스트레스
남이 준다고 받는 것도 스트레스

정이 많은 대한민국 사회에선
스트레스도 서로 챙겨주는 느낌

남에게 관심이 많다가도
남에게 관심이 하나도 없는 이곳

적당한 관심과 무관심의 경계가 필요하다.

내 주변의 모든 사람을 내가 변화시킬 수 없다면
나에게 스위치를 달자.
타인과 자신이 주는 스트레스를
유연하게 켜고 끌 수 있는.

먹고 기도하고 사랑하라

이 책이나 영화를 본 적 있는가?
극 중 '사랑하라'에 나오는 배경, 바로 '발리'다.

1년을 넘긴 호주 워킹홀리데이 생활 중에 경험했던
첫 해외 여행지 발리는
영화에서는 사랑의 장소였지만
나에게는 쉼의 장소였다.

인도네시아 발리는 '힌두교' 문화이기에
오랜 세월을 품은 힌두교 사원이 주는 엄숙한 이미지와
동남아 국가 특유의 밝고 여유로운 분위기가
절제된 여유로움을 느낄 수 있게 해 주었다.

선선한 열대야 속,
사람들의 소음으로 채워진 거리는 적당한 활력을 주었고
숙소 앞, 작은 로컬 맛집은
여행 내내 식사를 해결했을 정도이니
발리에 대한 애착을 갖기에 충분했다.

지금도 가끔
일상의 고단함이 느껴질 때면
기억의 서랍 속에서 꺼내
그때의 여유로움을 되새겨본다.

© JUHYUK

달 2

해가 진다.

서쪽 하늘이 불그스름하게 물들고,
동쪽으로 갈수록 옅어지는 선홍색 하늘을 배경으로
하얀 달이 떠오른다.

지는 해를 보며 추억에 젖어 있다가
뜨는 달을 보며 생각에 잠긴다.

나는 한밤중에 떠오른 완연한 달보다
해가 지는 와중에 뜨는 어스름한 달이 좋다.
조금은 따뜻하고
조금은 차가운 느낌의
어딘가 몽환적인 그 모습이 좋다.

나도 저 달처럼
넘치지도, 모자라지도 않는
따뜻함과 차가움의 사이에서
너의 곁에 머물고 싶다.

유사

마음에 가시가 돋친 듯하다.

말수가 점점 줄어들며
다른 사람의 관심을 피해
나만의 공간으로 들어온다.

답도 없이 깊어지는 생각은
또 다른 생각의 꼬리를 물어
유사에 빠진 듯
생각의 늪에 빠져 허우적댄다.

목이 간질간질하다.

알 수 없는 불만이 가득 찬 듯
머릿속이 괜스레 복잡하고 마음은 답답하다.

입안으로 생각의 모래가 들어온다.
한낮 동안 달궈진 뜨거운 모래 속에 갇혀
그저 다시금 차가워지기를 바라며
밤을 기다린다.

© JUHYUK

AURUMN #5
준호의 가을

© JUNHO

연결

느지막이 일어나 뒹굴거리다
당신을 만나러 늦은 밤이 되어서야
집에서 나서는 길.

아직 이곳이 익숙지 않아서
어디서 당신을 보면 좋을지
이리저리 다녀봤지만
결국 처음 발이 멈췄던 곳으로
가게 되었습니다.

낮은 돌계단을 올라
손전등을 켜고는
어두운 산속에서 찾은
나무 정자에 앉아
혹시 몰라 준비한 담요를 덮고는
먼저 도착한 당신에게 인사합니다.

오랜만입니다.

흑색

알 수 없는 흑색 심연에 빠진 채
마치 상심에 베인 사람처럼
미동도 없이 아무것도 보이지 않는
앞을 바라보고 있는 느낌.

우울감이나 슬픔과 같은 감정은 아닌
그저 표현할 수 있는 단어는 흑색.

지금 난 흑색 속에 앉아
날이 저물어도
방의 불을 켜지 않은 채 가만히 있는 것처럼,
지금은 다른 빛으로 덧칠하고 싶지 않을 뿐.

가을비가 와서 그럴지도.

© JUNHO

© JUNHO

망각

익숙함에 속아 낯섦을 망각하고,
따뜻한 손길에 속아 고독이 잊힐 때,
고요를 참지 못하는 내 모습이 비칩니다.

하나가 있었기에 둘이 있음을 잊지 않고,
낯섦이 있었기에 익숙함이 있음을
되뇌고 또 되뇌어,
세상엔 당연함이란 없음을 알게 되는
순간을 맞이합니다.

당신과 난,
서로에게 당연한 존재가 아닙니다.

분리

간지럽다.
긁을 수 없다.
스스로 손과 발을 묶은 듯하지만
애써 묶은 게 아니라고 읊조린다.

마음과 몸이 나란히 걷지 못한다면
무언가에 묶였거나
무언가를 묶은 거겠지.

몸이 멈추면 생각도 멈춘다는데,
잠시 멈춘 몸과 이별해야겠다.
생각까지 멈추지 못하도록
멀리 달아나야겠다.

적어도 지금은.

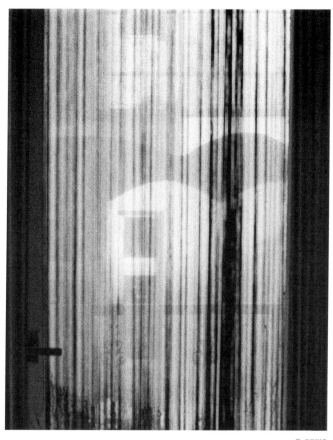

© JUNHO

비밀

오늘은
유독 눈시울을 붉히는 단어가
종일 따라왔습니다.

친구 입에서도
읽던 책에서도
듣던 노래에서도.
그 단어가 튀어나올 때마다
시야는 흐릿하게 일렁였고
나는 시선을 돌리기 바빴습니다.

이유 없이,
불현듯 찾아와
마음에 꽂힌 그 단어는

'(   )' 비밀.

오늘은
이제 그만, 쉿.

흔들림

사랑을 몰랐을 땐 관심이라 말했고,
관심이 더해져 사랑이 되었을 땐,
사랑을 사랑이라 쉬이 말하지 못했다.
모든 건 더해질수록 무거워지고
내가 할 수 있는 건
커져가는 무게를 견디고 담을 수 있는
힘을 기르거나
무게를 덜어내거나.

오늘과 내일이 다르고
지금과 다음이 다른 것처럼
마음과 생각이 달라져 가는
흔들림을 지켜본다.

어쩌면,
꼭 어느 하나를 택하지 않아도
괜찮지 않을까 하고.

욕심을 내고 싶을 땐 달리고
쉼을 갖고 싶을 땐 앉을 수 있는.
그렇게
흔들리며
흔들림을
보아도 괜찮지 않을까.

© JUNHO

기억

육체의 발이 내디뎌지는 건지
마음의 발이 내디뎌지는 건지
계속해서
눈이 가려진 채 내디뎌지고 있다.

잠이 들기 전에야 비로소
눈이 떠지곤 하는데,
걸었다는 사실이 무색해지듯
어떤 길을
어떤 풍경과
어떤 하늘과
어떤 사람과
어떤 마음과
어떤 느낌으로
걸었는지 기억나지 않는다.
분명 걸었는데 말이지.

사실이 어떻게 사실로
존재하는지 되새기는 밤.

비밀의 공간

하늘은 파랗고
아래 하얀 구름은
바람에 몸을 실어 설렁설렁

마른 바람에 스친 나무 소리는
물씬 가을을 떠올리게 하고,
짙은 태양의 빛줄기에
얼굴을 적신다.

멀리서 종알대는 새소리가
공간에 스며들고,
잔잔한 멜로디와 읊조리는 노랫말.
은은한 커피 향까지 더해진
오늘의 내 공간은,
침대맡 창문 너머로 계절을 알려주던
그곳으로 나를 옮겨 놓았다.

© JUNHO

달 3

은빛에 잠긴 보름달이
분홍과 파랑 사이에 서성이다
깊은 남색 중간에 앉지 못하고 서 있네.

남색은 서서히 검정으로
덧칠되어 가고
그렇게
밤이 오고 있다.

밤이 깊어질수록
달빛도 깊어지고
천천히 제자리를 찾아간다.

나의 자리는 어디려나.

고독

고독은 해처럼
누구 하나 봐주는 이 없이
홀로 쓸쓸히
뜨고 지고.

고독은 달처럼
누구 하나 봐주는 이 없이
홀로 쓸쓸히
침묵의 도시 위에 떠 있다.

고독은 별처럼
해와 달을 떠나야
비로소 보이는 운명

© JUNHO

무지

흔들리는 뿌리에 내 마음도 흔들
휘날리는 나뭇잎에 내 몸도 흔들

차라리 바람이라도 불었으면 좋으련만
이유 모를 흔들림에
매번 난, 온전히 서 있기에 실패한다.

아직 나만 모르는 그 이유를
뿌리가 쓰러지기 전엔 찾아야 할 텐데.

온기는 항상 있었다

문득 홀로 다른 시간 속에 서 있다고
느껴질 때
왠지 모를 외로움과 서글픔이
이곳에서 벗어나라며 등을 떠민다.

같은 듯 다른 시간에 존재한다는 건
생각보다 매력적으로 느껴지기도 하지만,
혼자가 된다는 건 어째서 늘 외로움과
손을 잡을까.

애써 놓을 수 없는 손이라면
온기를 담고 있었으면 좋겠다.
아니,
어쩌면 항상 온기가 있었지만
내가 모르고 있었던 것일 수도.
또 어쩌면,
아직은 내가 외로움을,
혼자가 된다는 걸
차갑게만 느끼고 있는 것일지도.

© **JUNHO**

햇살 파도

부서진 뉘 볕 부스러기가
왼쪽 얼굴에 흩뿌려져 있다.

하얗고 노르스름한 빛줄기
얼굴을 조금 더 왼쪽으로 돌려
눈을 가늘게 뜨고 빛을 바라본다.

흔들리는 나뭇가지에
일렁이는 햇살 파도가 만들어지고
나는 파도에 휩쓸린 듯
유리창 너머로 흘러가고 있다.

오후 다섯 시 십팔 분,
빛을 바라본 시간의 기록

그럼에도 불구하고

하얀 안개가 자욱한 길
온 세상은 민낯을 보이기 부끄러운지
안개를 이불 삼아 제 모습을 감추는데
허둥지둥

눈치 없는 해님은 속도 모르고
밝게 떠올라 안개 이불을 거둔다.

가로등 불빛은 하나둘 집으로
돌아가기 시작했고
도로 위의 자동차들은 몸이 무거운지
걷다 서다를 반복한다.

오늘 아침은 가로등 불빛 따라 집으로
돌아가고 싶은 마음이 한가득이지만
우리는 언제나 그렇듯,
'그럼에도 불구하고'라는 말을 되뇌며
애꿎은 다리를 툭툭 치고는
일상 속으로 들어간다.

© JUNHO

© JUNHO

비

가을이 오는 소리가
떨어지는 빗방울에 묻어
땅에서 그 향기를 퍼뜨린다.
온 세상이 향기에 취할 때
그렇게
계절의 색은 바뀌고 있다.

가을

언제나 그렇듯
새로운 계절은 늘
비와 함께한다.

지금은 여름이
가을의 옷을 걸치는 시기
가을은 외로움의 계절

겉옷이 온몸을 가리듯
우린 아무도 모르는
각자만의 비밀 공간으로
자신을 숨기기 시작한다.

모든 감각이 깨어나고
모든 기억이 선명해지는
그리고
조금 더 은밀해지는 계절,

가을

© JUNHO

새벽 별

종이 열두 번 울리고 나면
새벽에 들어선다.
깜깜한 밤이
그 속에서 빛나는 새벽별이
조금씩 자리를 옮겨가며
새로운 하루가 시작된다.
어제와 오늘의 중간에 선 난
손목시계 바늘 소리가 선명한
그런 곳에서
고요 속 몸을 눕힌 채
새벽 별처럼
천천히 나를 흘려보낸다.

무제

수많은 말들이
가슴안에서 서로 뒤엉켜
시작과 끝을 더 이상 찾을 수 없는
꼬일 대로 꼬인 실을 바라보듯
이젠 무슨 말들로 엉켜 있는지
알 수가 없다.

말이 너무 많았던 탓일까
아니면
나도 모르게
누구도 알아들을 수 없는 말로
만들어버린 걸까
마음속 말에 귀를 닫은 지 오래되었고
닫힌 귀는 녹이 슬었는지
도통 열리지 않는다.

말을 잃어버리고
귀를 잃어버린 채
하루하루를 보낸다는 건
나를 잃어가는 시간이 쌓이는 것.
나를 잃어간다는 건,
당신에게 나란 존재가
서서히 사라지는 것만 같다.

© JUNHO

세상에서 가장 힘든 것 중 하나를 말하자면

세상에서 가장 힘든 것 중 하나를 말하자면
당신이라고 말하고 싶습니다.

가을이 되면
바람을 타고 떨어지는 낙엽에도
코끝을 시큰하게 하는

비 오는 날엔
모르는 음악에도
사연을 담게 만들며

은은한 불빛에 잠긴
밤거리를 걸을 땐
문득 당신을 처음 봤을 때가 떠올라
눈앞을 흐릿하게 하는,

계절이 바뀔 때마다
머리맡 창문 너머로 들어오던 바람에
가슴 저리게 했던
저에겐 당신이 그랬습니다.

향기를 머금은 글

요즘 책을 가까이 접하고 있는데
종종 향기를 머금은 글을 발견합니다.
짙은 향의 흔적을 쫓아 글을 계속 읽다 보면
내음을 품어 놓은 작가가 궁금해집니다.
그는 어떤 향을 품고 있을까,
글과 비슷한 사람일까.
향기에 취한 전 다시 책으로 돌아와
언젠가 글을 쓰게 된다면,
나의 향기가 깃든 글을 쓸 수 있는
사람이 되었으면 좋겠다는 상상을 합니다.
글을 읽고 향기에 취해 당신을 궁금해하는 것처럼,
당신이 내 글을 읽었을 때 나를 궁금해할 수 있는 글.
그런 향기를 머금은 글을 쓰고 싶습니다.

© JUNHO

이별

떠난다는 소식을 들었습니다.
당신을 만난 지 채 2달이 되지도 않았는데.
자주 보진 못했어도
종종 당신이 눈에 밟혔습니다.

오늘은 오랜만에 다시 만난 날이었어요.
조금 피곤했는지 반쯤 감긴 눈으로 움츠리고 누워있다가도,
저의 기척을 느낄 때마다 저를 가만히 바라보네요,
아무 일도 없었다는 듯이.

당신이 떠나고,
옷에 묻은 잔향이 코끝을 스치면
잠시 멈춰서서 당신을 떠올립니다.
멀리 떠날 당신을 못 볼 생각에
눈가가 축축해지기도 했습니다.
당신의 향기가 피어올라 당신을 떠올리듯
그대에게도 나의 향기가 묻어 있길.
그래서 잠시라도 나를 떠올리길
조금 욕심내어 봅니다.

가을 공기

찬 바람에 머리카락이 흩날리면
마음도 기억도 흩날려
언제나 그렇듯,
사랑했고 여전히 사랑하는 그곳으로
저를 옮겨놓습니다.

따듯한 차가움
차가운 따뜻함.

가을은 쓸쓸지만
누군가를 떠올리는 계절.

하나여도 둘이고
둘이어도 하나가 되는 계절.

없어서는 안 되는 계절.

© JUNHO

© **JUNHO**

생각의 방

내 이야기를 한다는 건
내 생각을 보여주는 겁니다.

묵혀 둔 생각들이
말이 되어 당신의 귀에 닿았을 때,
알 수 없는 당신의 표정은
다시금 생각의 방으로 밀어 놓고
널브러진 생각 파편들을 바라보게 합니다.

직접 보여주면 좋겠다 싶어
초대할까 싶다가도
창문 하나 없는 곳을
들여보내기엔 부끄럽습니다.

아니 어쩌면
아직은 제가
겁을 내고 있는지도
모르겠습니다.

거울

내가 나인지
저게 나인지
이게 나인지
내가 누군지.
눈으로도 보고
마음으로도 보지만
보면 볼수록 혼란에 삼켜지고
부정에 휩싸이길 반복하다 보니
나를 보는 게 버거워집니다.

피하기보단
지키는 거라 말하고 싶습니다.

© JUNHO

어깨

먼 곳만 보느라
곁을 보지 못한
나를 마주치고

옆만 보다
나를 보지 못해서

한 번씩,

어깨를 내어주려다
당신의 어깨에 기대
부족한 저를 받아들입니다.

나의 마음

쓸쓸한 어깨가 보일 때
아련한 소리가 들릴 때
흐릿한 눈빛이 흐를 때

가슴은 눈을 감고,

따듯한 두 손을 만질 때
차가운 손목을 가릴 때
흐릿한 미소가 퍼질 때

마음은 무너진다.

© JUNHO

분리 2

하나에서 둘이 되고
둘에서 셋이 되었다
셋에서 다시 하나로.

하나가 하나로 돌아오는 데 걸린 시간은
30년.
언젠간 다시 둘이 될 수도,
또 셋이 될 수도 있겠지만
결국은
다시 하나로 돌아와
그렇게 손잡은
하나와 하나와 하나로 갈 것이다.

바람

흔들리고
고요해지길
반복한다.

가둘 수 없는 존재를
욕심내어 잡아보려 하지만
메울 수 없는 틈을
그저 바라볼 수밖에 없는
그저 작은 인간일 뿐.

잡는 게 아닌 맡기는 걸 배워야 하고
쥐는 게 아닌 놓는 법을 배워야 하는데

바람을 이해하려다
마음도 바람이 되어
정처 없이 떠돌기만 하면 어쩌려나.

© JUNHO

이유 모를 흐름

이유 모를 눈물이 눈가에 맺힌 저녁

어젯밤 꿈속에서
하염없이 눈물이 흘러
축축한 베개에서 깨곤 했다.
갑작스레 찾아온
우울감인지 슬픔인지
나태함인지 좌절감인지
죄책감인지 실망감인지
알 수 없는 회색 감정에
반응하는 건 오직 눈의 물가.

내일이면 괜찮아질까.
내일이면,
내일이면
오늘보단 괜찮을까.

들쑥날쑥한
요즘의 난
날씨 따라 흐르는 걸까.
그저 텁텁한 마음에
조금은 나아질까
연필을 쥐어볼 뿐.

오늘 같은 하루

창문이 있으면 좋겠습니다.

그곳처럼
창문 너머로
아침 공기를 음미하고
살랑이는 나뭇잎 소리로
계절의 순간을 느끼고 싶습니다.

창가에 따듯한 커피 한 잔을 놓고
햇살에 눈을 적시고픈 그런 하루.

다음에 또 나만의 공간이 생긴다면,
유리에 맞닿는 빗소리
나뭇가지 사이로 들리는 새소리
사람들의 말소리와 발걸음 소리가 은은하고
사계가 스치는 모습과
함께 흐를 수 있는
창문이 있었으면 좋겠다고

하얀 메모장에 적어 보는 하루.

AUTUMN #6
주혁의 가을

© JUHYUK

적적한 하루

술을 자주 하진 않지만,
퇴근하고 바로 집으로 향하기 아쉬운 날들이 있다.
주변에 친구가 많다고 생각했는데
나이가 들면서 각자의 삶에 충실하게 살고 있다 보니
뒤져보는 핸드폰 연락처엔 막상 연락할 사람이 없다.
'집 근처 술집에서 혼자 한잔하고 들어갈까' 고민하며
마을버스를 타지 않고 집까지 걸어가 본다.

거리의 불빛이 오늘따라 적적하다.
편의점에서 맥주 두 캔을 사고 올라가는 길이
오늘따라 유난히 길게 느껴진다.
고생한 나에게 맛있는 음식과 맥주로 보답하고 싶지만
피곤한 몸은 이미 냉장고에 있는 반찬들을 대충 꺼내 놓는다.

맥주 한 모금을 넘기니 하루의 피곤이 풀리는 기분이다.
오늘따라 목으로 넘기는 맥주의 탄산이
조용한 부엌과 대조되게 소란스럽다.
'나는 외로운가?'
'아니 외롭진 않다.'
그냥 좀 고단한 하루였고
적적한 마음이었다.

모래성

가끔 내 인생은 모래성 같다고 느꼈었다.
열심히 성을 쌓아도
밀려오는 파도와 불어오는 바람에
무너지는 모래성.

하루는 너무 답답하고 화가 나서
하루 종일 모래를 파고 들어갔다.
어차피 쌓으면 무너질 모래를 파고 또 팠다.
내 키만큼 제법 팠다고 생각했지만
무너짐의 반복에 질려 시작한
이 바보 같은 자기혐오를 나는 멈추지 않았다.
한참 그 바보 같은 행동을 반복하며
더 이상 파고 들어갈 수 없는
차갑고 단단한 것에 다다르자
되려 안도감이 들었다.
'더 이상 무너지지 않는 단단한 바닥이 있었구나.'

처음 모래를 파기 시작한 곳으로 나와
내리쬐는 햇볕과 부서지는 파도 소리를 들으며
비워진 머리로 파고 들어갔던 구덩이를 응시하며 생각했다.
'그 바닥 위에 이만큼이나 쌓았었구나.'

© JUHYUK

213

© JUHYUK

마침표는 끝이 아니다

3년 정도 몸담았던 사업장이
코로나가 장기화되어 결국에는 문을 닫았다.
많은 것을 배운 곳이었고 좋은 분들과 함께해서 감사했다.

추억이 담긴 장소들을 사진으로 담고
마지막 문을 닫는 순간,
새삼 실감이 난다.
'아, 끝이구나.'
이곳에서의 여정에 마침표를 찍는 순간,
갑자기 밀려오는 감정들 속에서
그동안의 아쉬움과 앞으로의 막막함이 교차한다.

앞으로 펼쳐진 망망대해를 보며 어디로 가야 할지
그 길의 끝에 뭐가 있을지 알 수 없지만
그래도 나아가야 하기에

그렇게 다시 한 번
노를 저어본다.

표류

작년 한 해를 마무리하고
새해를 시작하자마자
크고 작은 사건 사고를 겪고 보니
어느덧 2월이 끝나간다.
삶이란 정말 계획대로 흘러가지 않는 것 같다.
많은 새로운 계획과 열의를 가지고
나름의 준비를 했건만
새해를 앞두고 너무 힘을 주고 있었나 보다.
무엇 하나 마음처럼 되는 일이 없다.
눈앞에 뚜렷했던 목표가
거센 풍랑을 연이어 겪다 보니,
눈앞은 어느새 흐릿해지고
어느 방향으로 가고 있었는지 가물가물하다.
이럴 땐 잠시 헤엄을 멈추고 파도에 몸을 맡겨본다.
이 표류도 앞으로 펼쳐질
'긴 여정의 일부'라고 생각하며,
흘러가는 대로.
어디로 흘러갈지 모르는 파도에 잠시 몸을 뉘고
눈을 감아본다.

© JUHYUK

허기가 진다

운 좋게 한자리 차지한 퇴근 지하철에서
잠시 사색에 잠긴다.

요즘 하루를 돌이켜보면
분명 온종일 바쁘게 뭔가를 했는데,
정확히 무엇을 했는지 기억이 잘 나질 않는다.

퇴근 후에는 항상 허기가 진다.
육체적 허기와
정신적 허기가
동시에 밀려온다.

오늘은 따뜻한 음식을 먹어야겠다.
음식과 함께 잔잔한 음악이나
도란도란 들리는 사람들의 소음이 있으면 좋을 것 같다.
그리고 말하지 않아도 알아주는
누군가의 포옹도.

허기가 진다.

권태

한 번씩 찾아오는 이 권태기가
어김없이 다시 방문하셨다.
딱히 삶에 큰 문제는 없는데
무언가 부족한 느낌이 든다.

나는 참 욕심이 많나 보다.
불안정에선 안정을 찾고
안정 속에선 권태를 느낀다.

출근길 지하철,
이 권태감을 잊게 해줄 어떤 사건이 일어나길 기대하며
핸드폰을 바라보고 있는 사람들을 관찰한다.
저마다 작은 스크린에 집중하는 사람들을 바라보며
'월터의 상상은 현실이 된다'의 월터 미티처럼
잠시 상상의 나래를 펼쳐본다.
'지하철에 좀비가 나타난다면 나는 어떻게 살아남을 수 있을까?'
'지하철이 갑자기 멈춘다면 어떻게 하지?'
상상의 가지가 본격적으로 펼쳐질 때쯤
강남역 도착을 알리는 방송이 나를 깨운다.

© JUHYUK

공황

스트레스가 쌓이고 마음이 답답할 때
나는 가끔 숨이 잘 안 쉬어진다.
예전에 호주에서 교통사고를 당했을 때
처음 겪어본 후 이따금 찾아온다.
스트레스에 대한 역치가 어느 정도 높은 편이라 생각했지만
사회가 강요하는 기댓값에 맞춰 살다 보면
정말 내가 무엇을 원하는지 헷갈릴 때가 있다.

'누구를 위한 삶인가?'
'나는 이곳에서 지금 무엇을 하는가?'

점점 걷잡을 수 없이 밀려오는 압박감은
목 주변을 옥죄어 온다.
황급히 창문을 열고
깊은 심호흡을 대여섯 번 해본다.
머리와 마음을 가득 채운 불안과 압박감을
애써 뱉어 내 본다.

가을

아침에 출근하며 거리를 걷다
문득 올려다본 하늘이 높고 푸른 걸 보니
가을이 왔음을 새삼 느낀다.

10년을 함께한 강아지의 이름이 '가을이'일 정도로,
난 가을을 좋아한다.

뜨거웠던 여름을 지나 추울 겨울로 가는 과도기.
완연했던 녹음을 붉게 물들여 불필요함을 버리기 전의 단계.
적당한 따스함과 쓸쓸함의 경계에서
사람들이 왜 가을을 탄다고 하는지 공감되는 계절.
조금은 차가운 계절의 변화가
공기를 타고 피부로 느껴질 때
누군가의 온기가 그리워지는 계절.

점점 짧아져 가는 이 계절이 아쉬울 따름이다.

© JUHYUK

© JUHYUK

냉정과 열정 사이

'냉정과 열정 사이'라는
영화 특유의 분위기를 좋아한다.
한 남녀가 서로 사랑했고,
서로를 잊지 못하며 각자의 현실을 살다가
결국 다시 만난다는 내용이다.

영화는 이탈리아의 한 골목을 오토바이로 지나는
남자 주인공의 독백으로 시작하는데
나는 두 사람이 두오모 성당에서 재회하는
영화의 마지막 장면을 제일 좋아한다.

이 영화를 볼 때마다
난 그런 사람들을 떠올린다.
나에게 열정을 일으켰던 사람,
냉정을 유지하게 했던 사람,
그리고 그 사이에서 스쳐 갔던 사람.
가끔 그들은 어떻게 지내는지 궁금하지만
마음속에서만 안부를 전하는 그런 사람들.
따뜻하지도 차갑지도 않은 온도에 머물렀던,
그때의 나를 생각하면 멋쩍은 미소가 남는 사람들.
그들을 지나쳐온 후 지금의 나는 어떤지
문득 생각하는 밤이다.

눈물

일 년에 한두 번 주기적으로
그런 시기가 한 번씩 있다.
오늘 하루하루를 정신없이 살다가
일주일, 이주일, 한 달이 어떻게 갔는지 모를 때 말이다.
매일매일 삶에 치여
집은 그저 잠만 자는 공간이 되는 시기

나는 그런 시기가 오면 한 번씩 울고 싶어진다.
열심히 살아가고 있다는 충족감도 잠시일 뿐,
삶이 메말라가고 있는 느낌이 들 때면
나는 혼자만의 시간을 보낸다.
주로 슬픈 영화나 드라마를 보는데,
메마른 나에게 웃음은 잠시 적시고 지나가는 소나기 같다면,
눈물을 펑펑 흘리며 우는 행위는
메마른 나를 적시고 회색빛 세상에 색을 입히는 느낌이다.
그렇게 방에서 펑펑 울고 나오면
가슴속에 고여 있던 무엇인가가 해소되며
고갈되었던 마음이 다시 충만해지는 느낌이 든다.

이 글을 읽는 여러분도
문득 삶에 압도되어, 너무도 힘든 날에는
스스로에게 마음껏 울 수 있는 시간을 줬으면 좋겠다.

© JUHYUK

내 마음에 비친 내 모습

'붙들 수 없는 꿈의 조각들은
하나둘 사라져 가고
쳇바퀴 돌 듯
끝이 없는 방황에
오늘도 매달려 가네'
이 노래의 도입부는
덤덤하고 꾸밈없이 말하듯 부르는
유재하의 목소리가 더해져
고된 하루의 내 마음을 누가 알아주는 듯한 느낌에
위로를 받는다.

나의 힘듦을 다른 누군가에게 내색하지 않고
타인의 거짓을 알면서도 애써 아무렇지 않은 척하는
그런 우리의 마음을 잘 알아주는 것 같아서
이 노래를 듣다 보면 가슴이 먹먹해진다.
인생과 사람들에 대해 많은 고찰과
자신의 많은 감정들을 절제해서 써 내려간 느낌.

'못 그린 내 빈 곳
무엇으로 채워지려나?
차라리 내 마음에 비친
내 모습 그려가리'

내 마음에 비친 내 모습은 어떤 모습일까.

무심한 선의

꽉 찬 지하철
휴대폰에 고정된 시선
냉소한 얼굴들

반복된 일상
여유 없는 걸음걸이
미는 게 당연한 '당기시오'

그럼에도

눈앞의 문을 열고 나가며
뒤편의 발걸음을 의식해
조금 늦게 거두는 손길

많은 고민과 삶의 무게 속에 눌려있어
보이지 않지만 분명히 존재하는
무심한 듯 확실한 선의

© JUHYUK

낙엽

하루가 참 긴 듯 짧다.

야근 후에 지친 몸을 이끌고,
겨우 도착한 거실 소파에 힘겹게 몸을 눕힌다.
습관적으로 폰을 들어 SNS에 들어간다.

요즘 들어 부쩍 자주 보이는 지인들의 결혼 소식을
부러운 눈으로 훑어간다.

저번 주에 들어온 월급은
언제 들어왔냐는 듯 스쳐 지나가고,
좋은 일을 온전히 축하해 줄 수만은 없는 잔고가 씁쓸하다.

이대로는 더 우울해질 것 같아,
낙엽처럼 쌓여가는 부정적인 감정을 쓸어 내기 위해
오늘 하루 중 좋았던 기억을 애써 찾아본다.

점심으로 먹은 국밥은 맛있었고,
오늘 업무는 걱정보다 순조로웠으며,
퇴근 후 집에 들어왔을 때 풍기는
섬유 유연제 향이 기분 좋았다.

WINTER #7
준호의 겨울

© JUNHO

앉아 있기

먹구름이 짙은 날은
온 도시가 회색 도시로 변하는 날.
두꺼운 구름 벽에 막혀
길을 잃은 햇빛은
풀이 죽은 채 다른 곳으로 발걸음을 옮깁니다.

작은 거실을 삼킨 잿빛 속에서
작은 불씨를 만듭니다.

비가 올까 하늘을 올려보고,
눈이 올까 하늘을 올려보고.

작아지는 불씨가 사라질 때쯤
회색빛으로 삼켜진 거실을
검은빛에게 내어주고

다시 작은 불씨를 만듭니다.

아무것도 보고 있지 않았다

보고 있다 생각했지만
아무것도 보지 못했고

듣고 있다 생각했지만
아무것도 듣지 못했다

눈과 귀를 속이고 속는
하루하루가 두려워
더욱 숨으려 한다.

아무것도
남겨지지 않은 채
흩어져 사라질 거 같아서.

© JUNHO

© JUNHO

이유 같지 않은 이유

처진 어깨가 무거워 벽에 기대고
처진 눈이 무거워 입술을 깨물고
처진 어깨는 다리를 짓누르고
처진 눈은 입술 꼬리를 떨어트리고

벽이 없었다면 진즉 쓰러지고
불어 터진 입술이 없었다면
진즉 눈이 감겼을 겁니다.

그래도 아직 다리가 움직이고
그래도 아직 눈이 떠진다는 건,
살아있기 때문

'살아야만 하는 이유'를 묻던
친구의 질문에
몇 해가 지나도록
내가 찾은 답이라곤

'살아있기 때문'

그런 날 2

쉼 없이 걷고 듣고 느끼던 길의
풍경이 흐려지고
그림자에 삼켜져
무엇도 보이지 않습니다.

나침반은 신뢰를 잃었고
의심은 두려움으로 물들어
발걸음을 내딛길 주저합니다.

한 번씩 이 길이
끊어지는 길은 아닌지
의심이 피어나는
그런 날입니다.

© **JUNHO**

이별 2

누군가를 만나
인연의 실로 이어지고,
감정이 쌓이고 추억이 얹혀
우리를 관통하는 엷은 실은
서로의 깊은 어느 곳으로 닿아갑니다.

인연이란,
보이지 않는 마음과 마음이
보이지 않는 실로 이어지고
마음은 시공간에 구애받지 않아
당신을 향한 나의 마음과
나를 향한 당신의 마음이
그 자리 그대로 있다면

서로 다른 곳에 있다 해도
인연이란 실은
서로의 마음을
감싸안고 있을 겁니다.

지금 나의 계절은

깊고 차가웠던 겨울을 지나
따듯하다 믿었던 봄바람을 맞은 듯했지만
바람에 베이는 걸 보니
아직 겨울에서 벗어나지 못한 걸까.

흐르는 계절 따라
나도 흐르고 있다 생각했지만
흐름이 아닌 흔들리고 있었음을.

계절의 냄새를 잊어버리고
계절의 색을 잊어버리고
계절의 소리도 잊어버린

지금 난

봄도,
여름도,
가을도,
겨울도 아닌

그런 계절

© JUNHO

마음속 글씨

희미한 조명 아래
가만히 앉아 사색
무심코 집은 노트
마음에 적힌 글씨
복잡한 글자 속에
한마디 꺼내 보다
다시금 밖을 보네.

곁에 없는 당신을 만나러
떠날 준비를 하네

이미 곁에 없다는 걸 알면서도
당신의 잔영은 매일 밤 나타나
나의 하늘을 밝혀줍니다.
당신이 서 있던 자리엔
다른 누군가로 채워져
언젠간 당신의 잔영조차
사라질지도 모르지만,

그럼에도
나는 조금 더 많은 당신을 보기 위해
먼 곳으로 떠날 준비를 합니다.

매일 밤 창밖 너머의 당신은
다른 밤에 가려져,
마치 떠난 것만 같아
마음이 축축해지기 때문.

다시금 당신을 보며 소원을 빌고
다시금 당신을 보며 꿈을 꾸고
다시금 당신을 보며 미소를 짓다가
다시금 당신을 보며 울컥하고 싶습니다.

© JUNHO

© JUNHO

난제

어지러운 마음에 치여
공백으로 가득한 머리.

삶을 돌아보다
삶이란 무엇인지 생각해 보고

시계 흐르는 소리를 듣다
시계 밖을 상상해 본다.

혼자가 되어볼까 생각하다가
외로움은 무엇인지 생각해 보고

행복이 무엇인지 고민해 보다
답을 알 수 없어

연필을 내려놓는다.

멍의 굴레

무엇을 보고 있었는지,
무엇을 듣고 있었는지 기억하지 못한다.
분명 무언가 하고 있었던 것 같은데,
도통 기억이 나지 않는다.

멍으로 파래진 하루들이 모여
찢어진 달력 종이가 몇 장인지,
무엇을 보았는지,
들었는지 기억하지 못한다.

머리가 비워진 건지,
마음이 비워진 건지,
흐릿한 기억 속 몇 초짜리 프레임을
겨우 끄집어내 깊게 들여다보아도,
어디서 왔고
어디로 떠났는지
기억나지 않는다.

제정신이 아닌 건가 싶다가도,
이렇게 글을 끄적이는 걸 보면
아직 정신이 떠난 것 같진 않은데 말이지.

© JUNHO

© JUNHO

연습

입꼬리를 올려보길 몇 번,
생각보다 굳어진 안면 근육에
문득,
요즘 내가 웃지 않는지 돌아본다.

입꼬리가 올라갔던 횟수보다
표정 없이 지낸 횟수가 많았는지
기억을 더듬어보지만
슬픔만 밀려올 뿐.

애써 어제 늦은 밤 라면에
굳은 듯 부은 얼굴을 탓해 보고,

애써 표정을 훔쳐버린
마스크를 탓해본다.

다시 거울 앞에 서서
손가락으로 입꼬리를 올려보고는
다음엔
눈꼬리도 함께 움직일 거라 다짐한다.

나만 아는 상자

조금도, 감히,
이해할 수 없는 사람들
비슷한 듯 보이지만,
어느 하나 같은 사람은 없었고
그들만의 이야기는
마음속 녹이 선 상자에 갇힌 채
더 이상
세상 밖으로 나올 엄두를 내지 못한다.

아는 언어로
과거는 현재로
현재는 미래로
귓구멍 속 촘촘한 여과지는
오해와 분란과 뒷말과
추측과 판단의 늪으로
말을 걸고 넘어지기에.

우리는 점점 소리를 숨기고
입만 뻐끔뻐끔.

그렇게
열쇠 구멍도 막혀
자신도 열 수 없는 자물쇠로 잠겨진
상자 속에 마음을 숨겨놓는다.

© **JUNHO**

다시

곁에 있지만
함께라고 느끼지 못할 때
바라보고 원하지만
충분하지 않을 때
괜한 공허함에 떠나볼까 싶다가도
점점 작아지는 용기는
점점 커지는 두려움에 짓눌려
마음만 떠나보낸다.

수백 번, 수천 번의 싸움에 지고 있지만
그나마 다행이라면,
다시 싸움에 나설 불씨는 아직 잃지 않았다는 것.

언젠간 분명 다시 만나러 갈 것이다.
그땐, 분명 그동안 묵혀왔던
감정을 쏟아내며 바라볼 것이다.
그리고
당신을 향한 나의 마음과
당신이 나를 반기는 모습과
우리가 함께할 시간이
한 폭의 그림이 되어
많은 사람들과 함께하길.

그렇게 다시,
나는 당신과
당신도 나와 연결되고
우리는 또 다른 우리와 연결되길.

감정의 기억

희미해지는 감정의 기억
하루하루 잊지 않으려
발버둥 쳐보지만

어떠한 미동도 없는 난
간직하고 싶은 감정의 기억의
멀어지는 뒷모습을 바라만 본다.

내일이면 조금 나아질까 싶다가도,
기약 없는 내일을 위해
매일을 살아가는 내게
내일은 오늘이 되질 않고
계속 내일로 남아있다.

© JUNHO

나의 도시

축축해진 돌바닥을 무심히 걸었던
기억의 조각이 찾아온 날
유독
이 계절에 그곳의 추억이 떠오르는
이유를 정확히 알진 못한다.

비가 내리는 날엔,
우산 없이 산책하던 날이 떠오르고
붉고 노랗게 물든 나뭇잎을 보면,
낙엽에 덮인 벤치가 떠오르며
회색 하늘에 삼켜진 날엔,
조금 더 조용한 카페를
찾던 날이 떠오른다.

술보단 커피가,
하양보단 주황이,
여름보단 겨울이,
둘보단 하나가
어울리던 곳.
내 기억 속 그곳은
기분 좋은 우울함이
매력적이었던 도시였다.

흐림

감정과 영혼을 잃고
마음의 빛을 잃어
한 발짝 옆에서
지나간 어제를 올려보고는
다시 눈을 꼭 감고
다가오는 미래라는 칼날에
베일 준비를 한다.
흐리고 아련한 이 계절처럼
나도 점점 흐려져
풍경 속에서 사라져간다.
작고 하얀 눈송이가 되어
보잘것없는 나의 마지막이
당신에겐 잠깐이라도
설레는 첫눈이라도 될 수 있으면
참 좋을 텐데.

© JUNHO

© JUNHO

요즘 나는

요즘 나의 마음은
진동 없는 소리

요즘 나의 두 눈은
습기 없는 구슬

요즘 나의 두 손은
온기 없는 장갑

요즘 나의 생각은
잉크 없는 펜촉

요즘 나의 하루는
오늘 없는 내일

연습 2

긴 시간 떨어져 지내보니
나의 한 조각이 없어진 듯합니다.

오랜만에 만나면 예전 같을 줄 알았는데
마음도 연습이 필요한 거 같네요.

다시금 함께하는 시간을 가져볼까 합니다.
하루에 한 번, 적어도 이틀에 한 번은 꼭이요.

그렇게 시간이 흐르면,
지금처럼 오랜만에 만나도 덜 어색해질 거 같습니다.
제가 조금 더 다가가겠습니다.

© **JUNHO**

© JUNHO

밤의 계절

밤이 긴 계절이 다가오고 있다.

그동안 안쓰러웠는지
하늘은 내게 다가와
겨울잠 깨우는 소식 하나를
건네고는
잠자듯 죽어있던 불씨를 살리며
아직은 죽지 말라며 속삭인다.

오랜만에 찾아온 이 떨림이,
내가 왜 살고 있는지 이유를 찾게 된
하루가 되었고
심장 소리는 되살아나기 시작했다.

기회를 선물 받은 난
겸손하지 않을 수 없었다.

잠식

써지지 않는 글과
눌리지 않는 셔터
멈춰버린 생각과
닫힌 두 눈은 끈적한 액체에
도통 떠지질 않는다.
노란 노트엔 마음을 감춘 단어들만 떠다니고
솔직하지 않은 글은 아무리 꾸며보려 해도
결국 솔직하지 않은 글일 뿐.
찢어진 마음의 표현은
고작 고개를 숙이는 것뿐이고
내게 남은 초라한 마음은
불쌍하기만 하다.
찢어진 마음을 다시 붙일 수 있는 건 없다.
시간이 약이라지만,
시간의 역할은 치료가 아닌
굳은살로 덮어 무디게 만들 뿐.
이것도 약이라면 약이겠다만
벌어진 채 덮인 상처는
비가 오는 날엔
한 번씩 욱신하겠지.
그리고 또 아파하겠지.

© JUNHO

당신

아직 당신을 보지 못했는데
앞으로도 볼 수 있을지 모르겠네요.

우리가 같은 시공간에 있다면
'언젠가'란 단어에 사라져가는
당신을 만나는 그때를 기다려봅니다.

시간이 갈수록
그때를 기다려야 하는지,
그때를 찾아가야 하는지 방황하며
외로움과 무력감에 빠지기도 합니다.
그럼에도
다시 '언젠가는'이라 되새기며
그날을 위해 오늘도 한 걸음씩 나아가 봅니다.

일기

매일은 아니어도
마음이 길을 잃을 때
언제부터인지 노트를 펴고 펜을 움켜쥐는
습관이 생겼습니다.

오랜만에
헤진 노트를 펴고
지난 나의 잡음을 되새기다가
한 문장이 나를 불러세웠습니다.

'익숙함 속에 새로움이 있고,
새로움 속에 익숙함이 있다'

일기 위에 적힌 날짜 속으로 들어가
기억을 더듬어보며
익숙함에 젖어 새로움을 찾지 않고,
새로움에 젖어 익숙함을 잊고 있는 건 아닌지.

일기처럼 나를 다시 돌아보았습니다.

© JUNHO

마라톤 2

조금 더 눈을 뜨고
조금 더 마음을 열어
조금 더 넓고 깊게 바라보기

부족한 걸 잘 알아서
열심히 채워보려 하지만
마음처럼 쉽지가 않습니다.

급한 게 아니라면,
더딘 나를,
그래도 계속해서
나아가고 있는 나를
기다려줄 수 있을는지.
바쁘면,
먼저 가도 괜찮습니다.

공(空)

요즘은 마음이 비어 있다.
왜 비워졌는지 모르겠어서
말을 걸어보지만
돌아오는 건 침묵뿐.
혹시나 해서 물어본 거지만,
역시나 너도 나구나.

요즘은 생각이 비어 있다.
왜 비워졌는지 모르겠어서
말을 걸어보지만
역시나 돌아오는 건 침묵뿐.
혹시 이건 알고 있을지 물어본 거지만,
너 역시도 나구나.

© JUNHO

일인(一人)

혼자라는 걸 견딜 수 있을 거라 생각했고
혼자라는 걸 극복할 수 있을 거라 생각했다.
수 없이 무너지고 또 무너지는 내 모습을 보며
깨달은 게 있다면,
외로움이란 건
이기거나,
견디거나,
극복하는 존재가 아니라는 것.
떼어낼 수 없는 이 감정을 받아들이는 수밖에.
혼자가 아닌 곳으로 떠나왔지만
결국 또 혼자가 되었다.
아마도,
외로움은
벗이 되고 싶어
계속해서 따라오나보다.

비셰흐라드

작은 방 하나 구했다.
선택한 이유는 단 하나,
가장 좋아하는 종소리가 있기 때문.

정각마다 울리는 종소리는
낮고 깊게 퍼져나가
창문을 넘어 흘러들었고
늦잠을 자는 날엔
알람이 되어주었다.

음악보단 종소리를 듣고 싶어
창문을 활짝 열었고
굵은 비가 쏟아지는 날은
빗소리와 종소리가 방을 채우길 기다렸다.

눈이 오는 날은
창문 밑에 누워 한없이 하늘만 바라보았다.

그래서 그런지,
늘 나는 방에만 있었다.

© JUNHO

© JUNHO

안개

안개 속에
또는 그 너머에 있을
당신에게,

줄곧 새벽녘 안개 속으로 숨어온 당신에게,

보잘것없는 손을 내밀어
나란히 앉아
주변이 맑아지길
기다리고 싶습니다.

바지를 털고 일어나
온기 가득 찬 손을 꼭 잡고는
한 발짝 앞으로 나아가려 합니다.

겨울

겨울의 햇살은 여느 때보다
포근하고 하얗습니다.

그래서
봄에 꽃을
여름에 바다를
가을에 낙엽을 쫓듯
겨울엔 햇살을 쫓아다닙니다.

산뜻한 봄보다
뜨겁기만 한 여름보다
선선한 가을보다

당연함보단 소중함을 느낄 수 있는
겨울을 좋아합니다.

어쩌면 그저
겨울에 태어나서
겨울을 좋아하는지도 모르겠습니다.

혼자이고 싶은 하루

혼자이고 싶을 때,

세상에 나 혼자 남은 듯
누구도 만나고 싶지 않을 때,

조용히 커피 한 잔과 책이 필요할 때,

하얀 눈밭에 덩그러니 서 있는
나무 한 그루처럼
하염없이 쓸쓸하고 우울해지고 싶을 때,

때때로 눈물이 맺힐 정도로 온기가 그립지만
내 마음에서 한 발짝 떨어져 바라보고 있는

그런,
혼자이고 싶은 하루

요즘 밤 하늘은

별이 가득한 밤.
바람이 거칠어
눈가에 맺힌 물기에
몇 번이고 눈을 비비고
하늘로 고개를 젖힌다.

아는 별자리는 몇 개 없지만
익숙한 모습이 보이면 괜히 반가워
눈인사를 하기도 하고
성벽 뒤로 넘어가는
별 꼬리를 보고 있으니
붙잡고픈 마음에
창밖으로
조금 더, 조금 더.

© JUNHO

© JUNHO

달

고요한 달빛이 내려앉아
주변을 은빛으로 물들이고

달빛에 젖은 작은 나무의 그림자는
등 뒤에 누워있는 그림자와 맞닿는다.

차갑고 하얀 달은
별빛을 삼키고

삼켜진 별빛은
달이 지는 새벽까지
제 차례를 기다린다.

달빛도 밝힐 수 없는 당신은
뗄 수 없는 벗이 되었고,
이젠 당신을 마주 보며 걸을 수 있도록
몸을 돌아 세운다.

길 2

움직이고 있는지 움직이는 척하는지,
보고 있는지 보는 척하는 건지,
참과 거짓을 구분할 수 없을 만큼
모든 감각은 상실되고
현실에 존재하고 있음을
또는 현실은 무엇인지
어쩌면 현실보단 착각이 필요할지도.

무거운 삶이
해야만 하는 일들이
살아있어야 할 이유와 의미를 찾기도 하지만
이미 살아있는 걸 어쩌겠나 싶은 마음에
조급함은 내려놓고 묵묵히 내 길을 걸어갈 뿐.

© JUNHO

이불

솜사탕 같은 눈이 쌓인 길을 보니
정말 겨울이구나.

작은 온기마저 찬바람에 실려 떠나고
옷을 갈아입은 지 얼마 되지도 않은 나뭇잎은
어느새 땅을 덮어주는 이불이 되어버렸네.

몸도 마음도 한기를 느끼는지
돌돌 말린 채 눈을 뜨질 못한다.

춥다 해서 마음도 차가워지면 안 되는데
마음이 차가워지면 공간이 차가워지고,
공간이 차가워지면 곁에 있는 사람도 차가워할 테니.

오늘은 조금 더 두꺼운 이불을 꺼내 덮어야겠다.
적어도 당신만큼은 따듯하길 바라는 마음에.

발자국

익숙한 발걸음 소리가 가까워지고
돌아선 등을 다시 돌려
걸어오는 당신의 모습을 바라본다.

생각지 못한 얼굴과
생각지 못한 인사와
생각지 못한 미소가

내겐 아침에만 볼 수 있는 햇살.

당신 신발에 묻은 눈 뭉치는
발 모양 따라 흔적을 남겨 놓았고
당신이 남겨 놓은 발자국이 녹아 사라질 때까지
한참을 바라본다.

© JUNHO

© JUNHO

눈

새하얀 눈이 쏟아지는 밤.
거리의 발걸음은 빨라지고
도로의 발걸음은 느려지고

창문 밖으로 보이는 사람들 속
걸음을 멈춘 한 사람.
눈 내리는 밤
음악 같은 몸짓

저 사람은 집으로 돌아가는 사람이 아닌
집에서 떠나온 사람.
돌아가는 길 위에서 눈을 맞는 게 아닌
눈을 맞고 싶어 집에서 나온 사람.

오늘 밤은
집에서 조금 더 먼 곳에 차를 세우고
하얗게 덮인 눈길을 밟고 걸어야겠다고
소소한 다짐을 해봅니다.

그 정도 마음의 여유는
필요한 밤인 듯해서.

상념

무의식중에 맞춰 걷는 발걸음은
우리가 함께 해온 시간을 말해주고

우두커니 같은 곳을 바라보는 시선은
우리가 함께 해온 감정을 말해준다.

어색하지 않은 깊은 침묵의 흐름은
우리가 서로를 존중하고 있음을 말해주고

잠결에 끌어안는 손길은
우리가 서로를 사랑하고 있음을 말해준다.

WINTER #8
주혁의 겨울

© JUHYUK

제법 겉멋을 부린 글

이태원 어느 골목길을 따라 걷다가
'초능력'이란 간판이 눈에 들어
발걸음을 옮겼다.
하얀색 바탕에 초록색 글씨의 간판을 따라
지하로 들어서면
붉은 조명과 어우러진 청록색 벽에 매달린 벽걸이 TV 화면엔
물고기들이 몽환적으로 헤엄치는 오묘한 공간이 나타난다.

혼자 왔다고 말하긴 조금 창피한 기분이 들어
2명이라 말하고 한쪽 구석에 자리를 잡았다.
일행이 늦는 척하며 식사와 맥주 한 잔을 시켰고,
먼저 나온 맥주로 목을 축이며
스피커에서 흘러나오는 시티 팝을 감상한다.

뒤늦게 나온 카레를 먹으며
눈에 보이는 냅킨에 생각의 발자취를 따라
두서없이 생각나는 것들을 아무렇게나 끄적여본다.

부른 적 없는, 오지 않을 친구를 기다리는 듯이.

내 사랑 그대

오늘은 어머니를 모시고 병원에 갔다.
나이가 들수록 늘어가는 건 고집이라고
며칠 전부터 눈이 불편하다면서도
병원은 가기 싫어하셔서
쉬는 날을 맞춰 병원에 모시고 갔다.
결과는 다행히 이상이 없었고,
자연스러운 노화에 의한 현상이라는 의사의 말에
새삼 시간의 흐름을 느꼈다.
병원을 나와 점심을 먹으러 가는 길에 뒤를 돌아보니
어린아이가 엄마 손을 잡고 걸어오는 모습이 보여
뭔가 묘한 기분이 들었다.
예전에는 내가 지금 잡은 이 작은 손이
내 세상의 버팀목이었는데,
지금 어머니의 손은 너무 작고 여리다.
언제까지 내가 이 손을 잡을 수 있을까.
어느 순간 늘어난 어머니의 얼굴 주름 사이로
화창한 햇살이 작은 그늘들을 만들지만,
나오기 귀찮다던 어머니는 저 어린아이처럼 표정이 밝다.
마음 한쪽이 시큰하다.

© JUHYUK

© JUHYUK

나라는 우주

잠시 눈을 감고 생각에 잠겨
지금 이 순간을 벗어나
아무도 없는 곳을 찾아
다른 어디론가 날아가

내가 만든 우주 속에서
정처 없이 유영하며
잠시 일상에서 벗어나
아무도 나를 모르는 곳으로

몸은 정해진 철로를 달리는데
마음엔 이정표가 없네
무심하게 흐르는 시간을 뒤로 한 채
나의 우주로 날아올라

나는 항상 최선을 다해
기대치 않은 타인의 기대에
기대어 살아
마치 내 삶의 목적인 것처럼

잠시 눈을 감고 생각에 잠겨
지금 이 순간을 벗어나
아무도 없는 곳을 찾아
다른 어디론가 날아가

정처 없이 유영하며
잠시 일상에서 벗어나
아무도 나를 모르는 곳으로
나라는 우주 속에서

그럼에도

나는 스스로 긍정적인 사람이라고 생각하지만
'난 괜찮을 거야', '잘될 거야'라는 계속된 긍정과 자기 위로는
변하지 않는 현실 앞에 결국 번아웃으로 찾아오며
나 자신을 참 비참하게 만든다.
하지만 그럼에도
우리가 오늘을 살고 내일을 바라보며 살아가는 이유는 뭘까.

'그럼에도'
나에게는 이 한마디가 긍정의 핵심이다.
마지막의 마지막이라는 순간에도
이 한마디면 한 번 더 버틸 수 있었다.
현실을 미화하는 긍정이 아닌,
현실을 직시하는 긍정.
가끔 삶이 너무 버거워서
술을 진탕 먹기도 하고,
종일 펑펑 울기도 하고,
세상이 무너진 듯 한참을 힘들어한 후에
'그럼에도'
나는 아직 살아있기에,
다시 시작할 수 있다는 마음으로.
스스로에 대한 책임감으로.

기대치 않은 기대

철없는 어릴 적엔
모든 사람이 나랑 비슷하다고 생각했고,
내가 베푼 호의에 대한 당연한 보답을 바랐던 것 같다.
그때는 그게 당연한 거라 생각했기에,
나를 이해하지 못하는 친구와 갈등이 생기기도 했었다.

내 주변 사람들이 나로 하여금 행복해지고
도움을 얻었다고 생각하는 마음이 참 좋았지만
누군가는 그 호의가 부담일 거라곤 생각지 못했다.
모든 건 나의 만족을 위한 일이었는데 말이다.
정작 나 역시도 타인의 기대나 호의를 부담으로 느껴
거절하지 못한 적도 많았다는 걸 새삼 깨달았다.

호의를 건네는 것 자체에 행복을 느끼고,
내가 할 수 없는 부분은 적당히 거절하며,
타인에게 호의를 기대하지 않는,
그것이 우리 모두에게 건강한 관계이지 않을까.

반 고흐

그의 여러 명언 중, 이 말을 참 좋아한다.

"열심히 노력하다가 갑자기 나태해지고,
잘 참았다가 조급해지고,
희망에 부풀었다가 절망에 빠지는 일을
또다시 반복하고 있다.
그게 쉬운 일이었다면,
그 속에서 아무런 즐거움도 얻을 수 없었을 것이다.
그러니 계속 그림을 그려야겠다."

'고진감래', 쓰디쓴 순간의 연속을 감내하고 이겨내면
그 속의 달콤함을 맛볼 수 있다고들 말하지만,
나는 사실 아직 잘 모르겠다.
누군가에게 현실은 감내하기엔 너무 쓰기에.
하지만 이 말은 전해주고 싶다.
'살아있음은 그 자체로 무한한 가능성'이라고.
그 누구도 인생의 끝에 뭐가 있을지 모르기에,
가끔은 너무 쓴맛에 눈물도 흘려보고,
다른 걸 씹어보기도 하면서
열심히 발버둥 쳐봤으면 좋겠다.
내 인생에도 달콤한 순간이 찾아올 거란 생각과 의지로
한 걸음 한 걸음 앞으로 나아가기 위해,
언젠가 확실하게 찾아올 별이 빛나는 밤을 위해.

© JUHYUK

굳은살

굳은살은 곧 삶의 경험치다.
내가 살아온 인생의 반증이며 훈장이다.
중량 운동을 하는 사람은 손바닥에 굳은살이 생기기 마련이고
숙련된 세공 장인은 엄지에 굳은살이 생길 수밖에 없다.

우리는 하루하루 어떻게 살아야 할지,
무엇을 해야할지 고민하지만
그보다 중요한 것은
실제로 부딪히며 많은 것을 경험함으로써
실패도 해보고, 작은 성공도 성취해 보며
자신도 모르게 스스로에게 굳은살을 박이는 것이 아닐까 싶다.

누군가는 40대에 새로운 시작을 해서 46세에 자신의 이름을 알리고,
자녀들을 다 키워놓고 60대에 대학을 다시 들어가는 경우도 있다.
한 치 앞도 못 보는 게 인생이기에,
가만히 앉아서 기다리는 것보다
무엇이든 도전하고 실패해 보며
나만의 굳은살을 만들어가자.

세월에 끌려가는 내가 아니라,
세월을 끌고 가는 내가 되기를.
늘 어제보다 더 나은 내가 되기를.

11월의 사색

벌써 11월이다.
올 한 해는 정말 정신없이 흘러간 것 같다.
매년 연말이 다가오면,
나는 내가 목표했던 바를 얼마나 성취했는지
스스로 점검한다.
항상 조금 무리하게 계획하는 편이라
성적표는 늘 반타작이다.

예전에는 내가 세운 목표를 다 이루지 못하면
후회와 반성으로 자신을 다그쳤다.
하지만 지금의 나는
절반의 성취에도 자신을 대견해하는 편이다.

한 해 한 해 나이를 먹으면서
역할과 부담은 늘어가는 이곳에서
하나의 성취에도 나 자신을 다독여줘야 한다.

올해는 정말 모두가 힘들었을 것이다.
스스로에게 너무 가혹하지 않았으면 좋겠다.
우리는 우리 그 자체로도 충분히 훌륭한 사람이다.

© JUHYUK

겨울이 오면

나는 겨울에 태어나서 그런지,
겨울에 느껴지는 찬 공기를 좋아한다.
아침에 집 밖을 나와 처음 들이마시는
차가운 겨울 공기의 특유한 냄새는
나를 차분하게 만들어준다.

귀에 꽂은 이어폰에서 흘러나오는
따뜻하지만 조금은 느린 템포의 캐럴을 들으며
거리를 걷기 시작하면,
차가운 공기와 따뜻한 음악의 대조로
눈앞에 펼쳐지는 모든 것들이
연말 분위기와 어우러져 아름답게 포장된다.
조금은 적적하고 쓸쓸하지만
건물과 가로등 불빛에 묻어 있는 따뜻한 풍경을 좋아한다.

이제 막 시작했지만
한 달 남은 올해의 겨울을
조금은 더 따뜻한 마음으로
보낼 수 있기를.
그 따뜻한 마음을
주변의 소중한 분들과
함께 나눌 수 있는 연말이 되기를.

세찬 바람

겨울바람이 매우 차다.
세찬 바람이 체감 온도를 더욱 낮추는 것 같다.
바람이 강하고 온도가 낮아지면
자연스레 몸을 웅크리고 걷게 된다.

그럴 때마다 어머님이 늘 하시는 말씀이 있다.
"춥다고 웅크리지 말고 가슴 펴고 걸어야 덜 춥단다."

요즘 날도 춥고 상황도 냉랭해지다 보니
사람들의 마음도 위축되는 것 같다.
웅크리지 말고 가슴 펴고 걷자.
지금 어디를 향해 가는지 모르더라도
적어도 바닥이 아닌 앞을 보고 당당히 걸어가자.
세찬 바람이 우리를 꺾지 못하도록.

© JUHYUK

설거지

설거지가 밀렸다.
밥을 먹으면 바로바로 해야 하는데
막상 먹고 나면 잊어버린다.

밀린 설거지를 하기 위해
물을 틀고 수세미에 세제를 묻혀
그릇을 닦아내고, 하나둘 헹궈낸다.
겨울이라 물이 차다.
따뜻한 물로 바꿀 법도 한데
그냥 묵묵히 헹궈낸다.
뼈가 시리고 피부가 아려오다가
점점 헷갈린다.
손이 시린 건지, 마음이 시린 건지.
무엇을 닦아내고 싶은지
미련하리만치 묵묵하게 헹궈낸다.

손에 묻은 물기를
바지춤에 훔치며
빨개진 손을 바라본다.
그냥 그렇게 계속 바라본다.

너

너는 잘 지내니?
나는 그럭저럭 잘 지내고 있어.

이곳은 지금 눈도 오고
바람도 강해서
밖에 있으면 귀와 코끝이 시려와.
빠르게 지나가는 하루 덕분에
너에 대한 생각을 잠시 접어두고
사람들 틈에 끼여 어느새 집으로 향하고 있어.

다시 추운 공기를 뚫고
늦은 밤 골목길 가로등을 지나
불 꺼진 집 안으로 들어오면
접어뒀던 네 생각이 조금씩 차오르기 시작하며
가슴 한편이 시려와.

그때의 우린 따뜻했는데,
왜 지금의 난 밖에서도 안에서도 시릴까.

너는 잘 지내니?
나는 그럭저럭 잘 지내고 있어.

© JUHYUK

© JUHYUK

눈

오늘은 눈이 내렸어.
코끝에 내려앉은 차가움에
문득 눈이 뜨여
창밖을 보니
온 세상이 하얗더라.

잠시 확인하고 다시 누운 침대 속이
그새 차가워져
너의 품이 더욱 그리워졌던 것 같아.

함께 손을 잡고 걸으며,
발자국을 남기고 싶고,
실없이 눈싸움도 하고 싶다.
새하얀 눈을 모아
너를 생각하며 눈사람을 만들어 봐야겠어.

이 눈이 녹으면 네가 돌아오기를.
내 마음도 녹아내리길.

푸시킨

오늘 하루도 어떻게 시간이 갔는지 모르겠다.
집으로 돌아가는 퇴근길 지하철,
지하철의 적당한 소음 위로 펼쳐지는
한강의 전경과 빌딩의 야경을 보며 생각에 빠진다.

'우리는 어디서 나서 어디로 가는가.'
'나는 무엇을 향해 나아가는가.'

생각이 생각의 꼬리를 물며
집으로 올라가는 골목길 가로등 앞,
문득 푸시킨의 시 한 구절이 떠오른다.

'마음은 미래에 산다, 그러나
현재 슬프다 한들 어떠랴.'
'모든 건 덧없이 사라지나니
가 버린 것 다시 그리우리라.'

어느덧 도착한 대문 앞에 서서, 툭툭 어깨를 털고
크게 숨을 들이쉬었다 내쉰다.
안면 근육을 여러 번 과장되게 움직인 다음
얼굴에 미소를 띤 후 집 안으로 들어선다.

"다녀왔습니다."

© JUHYUK

○

EPILOGUE # JUNHO

2년 전의 글을 다시 돌아보니 감회가 새로웠습니다.
글 속에 그때의 제가 담겨 있더군요.
새삼 글이 품고 있는 보이지 않는 힘을 느끼기도 했습니다.

모두가 힘든 시간을 보내던 시기에,
줄곧 함께 책을 쓰는 꿈을 나눴던 친구와
한 글자 한 글자 쌓아 올린 책입니다.
꿈을 이루고픈 마음으로 쓰기보단
우리 자신에게 건넬 수 있었던 유일한
위로였던 거 같습니다.
따듯한 말과 문장이 많진 않지만
저희를 감싸안아 주었던 글들인 만큼,
누군가의 마음을 안아줄 수 있으면 좋겠다고
조심스레 소망해 봅니다.

언제 또 친구와 글을 쓸 수 있을지 모르겠습니다.
새로운 시작을 앞둔 친구에게
적어도, 마음에 남을 수 있는 추억 조각이라도
되었으면 하는 바람이 있습니다.

○

EPILOGUE # JUHYUK

소중한 친구와 막연히 꿈처럼 말했던 일이
이렇게 현실이 되었습니다.
'코로나'라는 긴 터널을 지나면서 우리는
많은 것을 잃었지만, 동시에 많은 것을 얻기도 했습니다.
이 글은 그 시기의 저를 담는 기록이자,
서로의 꿈을 잇는 다리였습니다.
비록 세련되거나 문학적으로 뛰어난 글은 아니지만,
누군가의 마음에 작은 공감과 온기를 전할 수 있다면
그것만으로도 저는 더할 나위 없이 기쁠 것입니다.
이제 제 인생에서 또 하나의 마침표가 찍힌 것 같습니다.
그러나 마침표는 곧 또 다른 시작을 의미하기에,
저는 앞으로도 묵묵히 저의 길을 걸어가려 합니다.
이 여정을 제안해 주고 함께 걸어준 소중한 친구
송준호 작가에게 깊은 감사를 전합니다.
그리고 제가 흔들릴 때마다 진심 어린 응원과 격려로
큰 힘이 되어준 사랑하는 Silvina Jasmin Howard에게도
이 글을 통해 고마운 마음을 전하고 싶습니다.
그녀의 따뜻한 믿음은 이 모든 과정을
끝까지 이어갈 수 있었던 원동력이었습니다.
부디 이 글이 누군가에게 작은 위로와 공감의 씨앗이
될 수 있기를 바랍니다.